校長關我什麼事

推薦序一

無畏的理想教育者——我所認識的碧霞校長

認識碧霞校長是多年前在她擔任海邊某個小學校長的時候，那時候聽她侃侃而談活潑多元的課程理念與教學領導，就留下深刻的印象。這是一位眞正的教育者，從她的眼神中，可以看到她眞誠地關愛每個孩子，對於教育充滿理想的熱情。

對於碧霞校長更深的認識，是她一手籌辦了充滿陽光的小學，那是極少數體制中的另類。她親自帶領教師團隊，孕育出以孩子的福祉爲核心的校園文化與活潑多樣的課程活動，讓教育不再只是亮麗的口號。碧霞校長的課程圖像最大特色，就是盡其所能提供孩子眞實有意義的學習經驗，實現每個孩子的潛能，而不只是重視認知的學習而已。

這所充滿陽光的國小，在碧霞校長卸任之後，仍然持續著以孩子的福祉爲核心的珍貴傳統，讓許許多多的孩子受益，而且也吸引、培育了衆多優秀有理想的年輕實習教師，日後在不同場域成爲散播教育愛的珍貴種子。碧霞校長自己更是持續不輟地在另一個老牌的大型學校爲教育耕耘，直到退休。縱然如此，從碧霞校長日常的臉書，仍可以淸楚感受到，她對於生命的熱愛，對於理想教育的關切，絲毫未減。

這樣的校長，如此罕見！她的生命故事如此獨特動人，值得與更多人分享。碧霞校長勇於創新、堅毅的意志力與無私的教育愛，可以喚起更多人對於美好教育的信心與渴望。尤其在現實的教育體制中，更需要這樣有理念與實踐力的校長！

碧霞校長的生命故事能夠付梓成書，是給教育界一份珍貴的禮物。是見證，也是啟示。

清華大學華德福中心主任　成虹飛

推薦序二

看教育實踐家的智慧，省人生真善美的真諦

校長 關我什麼事

讀這本書，走進台灣的教育大事紀，也走進碧霞的生命旅程。

與碧霞校長結緣於生活課程。記得約莫是二〇〇八到二〇〇九年左右，很榮幸受到時任陽光國小陳思玎校長的邀請，與新竹市生活輔導團夥伴在陽光國小不定期進行主題統整課程發展與設計的研討，大家針對課程、學生的學習，提出有趣、

有創意的點子，透過課程與教學的對話激盪，相互提升專業。那時候的我，除了對於輔導團夥伴們熱情投入課程與教學的敬佩外，也對於兩位校長在課程與教學上的功力，以及對輔導團夥伴專業精進支持的用心，相當的驚艷。心裡想著，是這樣的夥伴、這樣的校長，讓這個團隊這麼出色，讓教育這麼動人。而二〇一一年之後，生活課程輔導團的研討，移師到碧霞所任職的民富國小，讓我更有機會去了解，是怎樣的校長，才讓教育風景如此美好。

「新竹的米粉之所以好吃，因爲有新竹的風，我們帶著孩子們認識米粉節、探究米粉的包裝、參觀米粉寮……」這是碧霞在「來去新竹呷米粉」在地化課程設計的想法，她表達了課程應該從自己學校的特色與亮點出發，正如在本書中，碧霞在每一所學校的經營，都以學校的特色和亮點爲本，連結學校的根，超越學校原有的限制，帶領孩子們覺知與體悟自身的美好。在本書中她寫到：「我怎能走遠？如果我不知道自己是誰？我怎能做該做的事？如果我不知道自己有什麼？」她寫出了教育從本出發的真誠之愛。

有一年我們研討的主題教學方案是「校園植物」，碧霞提出「第25號同學」這個主題名稱。除了創意，更多的是關懷與愛的情誼，因爲班上有24位同學，而校園的樹是一起共同學習的同學。像這樣尊重自然與珍愛生命的情懷與信念，常可見於碧霞於書中所描述的教育與行政工作，因著這樣的善意，碧霞帶領著教師轉化出許多有創意課程。有一次民富的老師拿了一盆小盆栽問我：「猜猜這是什麼種子種出來的盆栽？……這是肯氏蒲桃樹，它在校園的中庭，學生打掃掉落的果實，非常困擾，校長和我們將它轉化成一個對學生有意義的課程……」在本書中，碧霞把這個故事說得更動聽。

碧霞談起課程，眼光總是散發熱情，但也總是謙卑地說，她懂得不多，其實她是眞正懂得。她總是看到契機並妥善安排機會，讓孩子們對現象與事物著迷，做到以學生學習爲中心，讓學生進行探究並創造新的意義。「這間561游藝館，原本是廢棄的教室，但現在是孩子的二手玩具屋、植染教室、成果展場，這是孩子們這學期用紙箱做的房子，像這個……」看著孩子們透過探索與探究，重新賦予意義的琳瑯滿目作品，這就是教育之美啊！我說：「校長，妳的每一個故事都好精采，都敍說著現象背後發人深省的觀點與想法，值得跟更多人分享！」

在教育現場，常常看到或聽到校長們以校爲傲，述說他們經營學校的許多亮麗成績。然而，甜美的果實，並不是跟著好運自動降臨，更多的是令人傷透腦筋的眉眉角角。在眞實人際交織的小型社會中，校長們如何一本教育初衷，堅持理想，運用智慧與解決問題的方法，突破重圍、造福人群的奮鬥故事，很少被看見或被報導出來，碧霞的這本書，讓我們看見一位教育實踐家在校長這條路一路走來的樣子，她如何成爲校長、成爲怎樣的校長，種因於怎樣的過往，以及面對生命摯愛的困頓，如何做出困難又堅強的決定。在亮麗優雅的身影背後，是勇敢與義無反顧的付出。有道是，要眞正了解一個人，要在不幸的時候觀看他的作爲，從老師到校長的路上，順遂背後，碧霞也經歷重重危機。

正因爲那份才華與敢於說眞話的教育堅持與智慧，讓她有所爲、有所不爲，讓她所任職的學校，都能有新的生命力、成長與卓越。試想，面對不合理的權威與傷害，你會選擇沉默？退縮？或是同流「合汙」？在本書中，碧霞告訴我們，制度與公民行動，會讓「個人的眞」，成爲「衆人的眞」。

碧霞的良善和許多教育人一樣，展現在對學生與對周遭人事物的多元開放與同理接納上面。身爲推理迷的我，有一回推薦了兩本日本經典的推理小說給碧霞閱讀，事後問問了她的看法。碧霞的回答，讓我印象深刻：「書裡面有許多害人的行爲與有人被殺害的情形，我看了很不舒服。」碧霞的詮釋角度，讓我更清楚她的純善。但小善或許不難，大善就不一定人人得而爲之。制度的建立往往是爲了造福更多的人，但也可能因爲詮釋的角度不同和各種因素的干擾，讓制度建立的本意蕩然無存。就校長遴選制度而言，該設立怎樣的制度？制度之外，人的因素，如何搭配？本書中，可以看到碧霞關心如何在對的時機，讓對的人順利接棒，使得學校的理念、特色等良好運作，繼續傳承？因此不論是提早換學校或提早退休的生涯抉擇，都是碧霞謹愼思慮，眞正良善與智慧的展現。

追求眞與善，付出與勞頓在所難免，認眞的女人最美之外，在本書中，故事始終充滿著人情味的美，也洋溢著對生活品味的美。做爲碧霞的朋友，我們常跟著探訪奇人幽地，享受藝術美感；而近幾年看著碧霞帶著大病化療後的陳大哥畫圖、藉手創以活動雙手等鶼鰈情深的畫面，我們更能體會本書的優雅之美。碧霞用如詩般的文字，表達對學生、對朋友、對家人，以及對學校和教育滿滿的愛。

眞、善、美是許多人所追求的理想生命風貌，其實它們早以不同的組合面貌存在每個人的身上，透過對具體事件與事蹟的一一細細品味，我們得以看到它們在碧霞身上的獨特展現。在閱讀這本書時，我想著人生能有幾個42年，能有幾個70歲？生命苦短，我們總要像知名的美國演員TomHanks一樣，跟共事過的人偷學點什麼，成就自己的「精湛」，透過觀看碧霞的故事，我彷佛提升了好多智慧，感覺就像偷到了生命的長度。

這是我閱讀此書的收穫，你呢？

台北大學師資培育中心教授　吳壁純

自序

看不開 放不下的教育事

二〇一四年，我從服務了四十二年半的國小教育界退休下來，從服務了三所學校的校長職務退休下來！

其實，離我六十五歲屆齡退休、校長任期屆滿都還有一年的時間，我爲什麼要提前退休？是因爲我厭倦了工作嗎？是因爲我的身體有狀況嗎？是因爲我的家庭因素嗎？

都不是！

是我觀察、覺知到：提早一年交棒，正在服務的學校比較有機會遴選到好校長，對校務在課程與教學發展上較能永續性的銜接，在校園氛圍形塑上較能維持正常與安定。

四十二年半的教育生涯——擔任班級導師十九年、處室主任七年、校長角色十六年半，有人好奇我當了近二十年的陽春老師，爲什麼還有心力轉身去做行政？我逃避學生孩子嗎？我逃避課程與教學嗎？

不，我就是爲了學生孩子，就是爲了課程與教學而走入行政。因爲單純當老師，有我無法影響而改變的學校制度與現象，有我用盡了心力還是無法圓的教育夢想。

爲了圓這個夢想，前後約十年，我受了不少的磨難試煉，來來回回、走走退退，幾度放棄心中憧憬又幾度重新燃起火苗，最後終究以一個教育人應有的「一以貫之」魂魄，走入了教育行政，點燃起小火苗，我要來探索與實踐教育的渴望風情。

所以，當我站上了機會的舞台，能迎著光前進教育夢想時，內心除了欣喜，更是堅定：

「我知道自己是誰、我知道自己有什麼、我知道自己該做什麼！」

因此，我是傾全心志在教育行政上，尤其校長一職，更讓我體認與實踐：

「什麼才是眞愛學生孩子？怎樣才能與老師夥伴、行政同仁同心戮力的愛學校？」

老師問我：「愛的能量從哪裡來？」

啊！我要說，如果你癡心愛一個人，眞心愛一件事，就會有青春洋溢、不倦不悔的源源活水，即使因她承受困頓、窒礙，也心甘情願！

轉眼退休已滿八年了，照理說應該對我所愛的教育事能放下、能看開了吧！

但是，最近多所學校的經營舵手，舊人退新人進，新聞報導說：

「學校校長遴選作業順暢、學校校長『異動』圓滿、政府『新校園運動』成功推動與實現。」

眞的是這樣嗎？詳知內情的人說：

「是上級『派任』成功、是校長間『默許交換自保』文化運作順暢。」

又說：

「學校教育尤其校長遴選走『派任』回頭路，噤若寒蟬的氛圍已再充斥校園了！」

有校長或學校說：「那是不可抗力」，我意識到「毋寧是不敢抗命」。

啊！教育的實踐與學校的經營，如果相關人員都相繼失去理想性、自發性、追求性，如此例行公事，行禮如儀的作風再度龍罩教育界的結果便是——如何奢望「孩子的成長與學習」成爲教育的主體？

教師如何敢做「教育改變與進步」的白日夢？

學校如何期待發展爲「有特色、永續性」的校園文化？

五年前，我得了肺腺癌，還好是零一期；兩年前，先生的腦幹外體長了腫瘤，是淋巴癌，他的生命如風中殘燭般忽明忽滅；最近他反覆看著俄國作家托爾斯泰的名著《人爲什麼而活》，雖然部分的腦細胞、神經已受損，先生還是努力的回顧與思索他的一生。

先生這樣奮力活下去的圖像，觸動我也仔細的檢視我的一生：

我爲什麼而活？

我又活得怎麼樣？

尤其是後期從事校長一職，「爲什麼會去當校長？我當了怎樣的校長？」的反思。

現在又目睹教育制度走回頭路的現象，我心裡有些話實在很想大聲的說。

有位記者朋友建議我說：「沒有紀錄，事情就等於沒有發生。」因緣這樣的鼓勵，我一方面照顧先生，一方面藉由臉書逐次寫下，發抒我的生命故事，再次揭開四十二年半我對教育看不開、放不下等情事。

而今這些代表情事、故事，我決定坦然的發表在這本《校長 關我什麼事》書中，盼望認同「教育事乃眾人關心事」的您，有興趣的來觀看教育如何牽引我的命和運；同時也來了解我以校長的角色和信念，如何影響一些人。

啊！關注、投入教育，讓我的「生命有愛，人生無悔」，您呢？

目錄

第二部 動力：那些教我當好校長的人與事

第三部
滋養：野放童年，韌性的家人

我所認識的碧霞校長

第一部

愛相隨：我是校長

有海口溝的學校

挾著超強的願力，我一次就考上了校長；十九年班導，七年行政的琢磨、蟄伏與準備，一九九七年我終於如願的踏上夢想與實踐之路。

原希望被派任到近山的小學校，實施混齡的教學實驗，卻因緣的來到這靠海的學校。

一進校門，看到一排磁磚建築上方或前方，拉著、交錯著、垂掛著長長的電線，我想：「這裡以前是後門吧！」我們的傳統居家文化，向來只重前門美觀，輕忽後門的整理。況且誰會預想到「學校也會有風水輪流轉」的境況呢！

我和孩子們較熟悉後，下課就和他們一起走在操場上，問他們生活的起居、畢業後的想法。

他們說：

「可能像家人一樣去捕魚或去工廠做工……

其他也不知道可以做什麼？」

我們來到司令台附近，發現孩子們會自然掉頭不再前進。

我好奇地問：

「爲什麼？」

「老師說前面有海口溝，危險……」

孩子們去上課了，我走上駁坎、堤防，眼前一方暗黑、髒雜淺灘，兩小水流靜靜流過。

淺灘上，三兩棵水筆仔遠遠近近，紅白招潮蟹閃躲、進出、忙碌；從前方稻田飛來了白鷺鷥，悠悠哉哉地或降落覓食或旋轉高飛，還有彈吐魚也出現了！

好豐富的自然生態啊！孩子！你們知道、看過這些畫面嗎？

我向會長請教這河水，他說：

「這是海口溝，海水在這裡和全市最大的灌溉水圳交會，再一起流入大海。以前這海口溝清澈乾淨，夏天，我們都游著它回家吃飯，再游著它回來上課。」

好有活力、好有趣的畫面啊！

孩子！你們想像的到嗎？

是的，這學校好小，好單純；校門前一條快速公路上車流滾滾，校門後，一排教室、兩百公尺跑道、一個極陽春的司令台，這樣的校園眞的能一眼望盡啊！

但，孩子知道、觀察過、親近過這海口溝嗎？

啊！我恍然頓悟了，我們海的孩子除了要讀教科書外，更要讀「每天會漲退潮兩次、和海同步呼吸的海口溝書」，它就在校園裡，而且是全世界唯一的自然書。

我站在二樓校長室門外，對望著遠遠露出雪山山脈上，我曾爬過兩次的大霸尖山，再放眼這眼前的校園，再想著孩子們說的話。

我想：

「我怎能走遠？如果我不知道自己是誰？

我怎能做該做的事？如果我不知道自己有什麼？

如果眼前的一切不能教我該做什麼？怎能奢談成功？」
是的！讓成就孩子的美夢成眞，
我的教育夢成眞，
我得清楚這裡的人事物！

白了頭髮

我們海的學校，除了六間一般教室，一間活動兼圖書館外，沒有其他專科教室。

所以，當你看見幾個小孩就著半張乒乓桌，躲在緊閉門窗的半間儲藏室打球時，怎麼會不心疼？

校門進來的穿堂，就是我們的風雨教室，九月起到十一月的九降風，寒流挾來風、雨，寒風穿身而過，冷雨飄零而過。

孩子蹲、靠在一起的晨會，雖是他們行之有年的勵志、鐵的訓練，但，對我這個初任的校長而言是十分震撼與不捨！

孩子說他們無法預見未來的話，我可以理解：單純的校園裡，久未更新和補充的教學空間和設施；簡樸的漁村，父執輩一成不變的就業和生活，孩子如何能感知外面世界的變化與多采多姿？

我得爲孩子搭起與外界互動、覺知的橋樑。

我想：

「他們需要一間電腦教室，需要電腦、需要資訊教育！」

我依循市區學校的作法，託請電腦廠商來學校成立電腦教室。

他們說：

「太遠了，學生又少，不符成本！」

怎麼辦？

好夥伴主任的先生在科學園區上班，有公司廠商名冊，我請她借給我。我就著這本名冊，發了一百多封信，請求他們給學校二手的電腦設備。

有廠商說：

「只知道山上原住民學校缺乏設備，從來不曉得都市學校也匱乏。」

還好，陸續有廠商捐了電腦的相關設備，我和主任整理出了一間教室，接著組裝了這些二手設備。

就這樣，海口溝學校有了自己的電腦教室。孩子開始上資訊課，開始與外面的世界接軌了！

我去拜訪校門前西濱公路通過的路段主任，請他因汙染我們的校園空氣作回饋。他覺得有道理就撥了相關經費，讓我們在西濱公路旁種樹防風、迎賓，在校園內種花草和開闢蜜源區，尤其在校門旁，請藝術家義務完成了表徵海的意象陶土牆，希望引起行經的路人、車輛注意，放慢速度的觀察這所可愛的、海的學校。

學校附近有海防部隊，我也去拜訪他們，他們善意的關心可以爲孩子做些什麼？

結果他們來清了海口溝！

學校靠近基地，幻象2000定時在學校附近做起飛訓練，聲音大得幾乎要震掉我們的耳朵。我去拜訪了基地的大隊長，他邀全校師生去參觀基地和飛機，並親切的關心孩子視力，希望他們保持好眼力，將來來這裡當飛官、開飛機。

大隊長還答應校慶那天，幻象2000將定點飛過學校上空，做特別的致意與祝福！

終日，我沉浸在忙碌、有學校願景的日子裡，日思夜想的，盡是學校的人、事、物！

有天，我發現頭髮不知何時由幾根白，到一撮、一撮的白了，幾乎到了需要整顆頭染髮的地步了。

啊！好快！

我來海口溝學校已經一年啦！

這樣的大人

海口溝學校的小孩有十八般武藝，一三五是棒球隊的隊員，二四六是宋江陣的隊員，午休時間是合唱團團員。

除了一年級，全校幾乎都納入校內外活動的團隊中，老師餵他們吃什麼，他們就吃什麼的溫順，養成孩子寬容不抱怨的心胸，孩子寬容被粗魯的體罰或謾罵，覺得這是大人愛他們的表達。

暑假來了，棒球隊的孩子代表本市去日本千葉縣市原市作交流比賽，這個活動是由當地的棒球協會舉辦，成員來自各行各業，甚至是機構的負責人、老闆。

他們特意把自己的休假安排在暑假的黃金週，然後再化身爲熱情的工作人員，串起從地方的少棒賽起跑，一直熱熱鬧鬧舉行到最受矚目的高中青棒賽等年度盛會。

一九九七年，參加的共有96隊，包括韓國隊，開幕式是在傍晚舉行。

我們棒球隊來到球場的看台，看到一群媽媽們正忙進忙出的準備咖哩飯，原來那是要請台灣的小選手吃的。

我們被安排在韓國隊前出場，當我們隊最高的孩子舉起台灣牌子、舉著國旗、校旗進場時，現場響起了陣陣的鼓掌聲，頓時溫暖鼓舞了第一次出國比賽的我們，更大大顚覆了我對日本國家的認知！

我代表致意、致謝後，被引到貴賓席上，發現所有的與會者都站著面對選手們，96隊的選手在運動場上站著，主席、來賓在台上「站著致詞」，家長在兩旁「站著聆聽」，從頭到結束，站著！站著！站著！沒有人坐著！

第二天上午，志工們載我們去比賽；我們的孩子贏了，奇怪，對手的孩子竟然跟我們一樣開心！下午還跟著我們去當地的學校進行友誼賽，當我們熱情的啦啦隊！

市原市市長親切的接待我們，還安排我們去參觀有名的煉鋼廠，晚上又安排我們去參加地方的夏季慶典……。

我們原以爲實力只夠撐一場，輸了後的四天，就安排去附近的景點走走，沒想到打到第四天上午的前三名才止住。

球賽立刻暫停，頒獎馬上在球場上進行，啊！

現場竟然播放起我送給他們的CD《新竹風》，競技的氣氛頓時轉爲低柔與溫馨，我的眼淚奪眶而出，心中充溢著感動與感慨，那就是：

整個運動場面瞬間成爲頒獎典禮場合，

所有的工作人員馬上就位、第三名的錦旗、獎牌已準備好，

理事長已來現場爲我們頒獎，爲一個一個的選手掛獎牌。

爲什麼？爲什麼？

這些玩棒球的大人這麼有效率、有感性，懂得以客爲尊？

爲什麼？爲什麼？

這些玩棒球的大人要像招待大人、貴賓般的招呼台灣來的小孩？

爲什麼？爲什麼？

這些玩棒球的大人接連四天載我們去比賽，又帶一些小朋友來當我們的啦啦隊？

爲什麼？爲什麼？

這些玩棒球的大人要和選手一起「站著」舉行開幕？貴賓身分特別，不是都得讓他們「坐著」以表示尊崇嗎？

媽媽們不是不會出席小孩無聊的體育活動嗎？

爲什麼？爲什麼？

要煮好吃的咖哩飯給台灣的小孩吃，買個便當打發我們不是很自然嗎？

爲什麼？爲什麼？

這些玩棒球的大人讓我們舉台灣牌子、國旗進場，而沒有人在場抗議，甚至進場扯旗呢？

爲什麼？爲什麼？

這些玩棒球的大人要犧牲寶貴假期陪小孩打球呢？爲什麼不利用上班時間？

不是有公假可請嗎？
不是有人可代班嗎？
爲什麼要動用各行各業？
教育界的人力不是最容易動員的嗎？
……
啊！爲什麼？爲什麼？
我們這樣的大人在哪裡啊？

我有！你沒有！

聽這個故事已經很多年了，但是只要再講、再想起它，我內心依然會有似曾相識的酸楚，但繼而能化爲了然於胸的感動！

那是一所921地震災後的學校，北部城市學校的小孩來到這裡和他們做城鄉交流，爲了感謝城市小孩，山上的小孩把儲蓄了一陣子的錢買了學用品，準備回送給他們。

當兩校列隊交換禮物時，山上小孩期待被喜歡接受的心意，竟然換來對方不屑、不喜歡、不……的肢體表情。

山上小孩敏覺到被不尊重，被瞧不起的委屈和受傷，就跟老師說：

「我們不要和城市的小孩做朋友了！」

但老師想，山上小孩的視野、智識需要多面向的打開，才有機會和他們想望的未來接軌，閃躲、自我封閉對這些孩子是沒有幫助的。

於是老師開始跟孩子討論：

山上孩子的「有和沒有」

城市小孩的「有和沒有」

結論是：他們要交流的，其實是彼此的「有和沒有」！

定調後，在城市孩子要來的前一年，山上孩子在老師的指導下，開始尋找自己學校的「有」，了解這些「有」，例如：沉香、倒吊鈴、桃花心木等校園環境裡的自然和人文，然後他們開始種這些「有」、觀察、記錄這些「有」。等到這些「有」長成綠綠、挺挺的小苗時，正是送給城市小孩的時候了！

當兩校列隊交換禮物時，城市小孩好奇新鮮的問個不停，山上小孩也開心的說個不停。當城市小孩喜孜孜捧著寶貝植物回城市繼續培植守護時，山上小孩知道了：他們在自己的主場裡，他們的自信快樂回來了！

為什麼這個故事對我有似曾相識的酸楚，卻又了然於胸呢？

是的，二十五年前，我們海口溝學校也有這樣的故事。

我帶著孩子、老師、家長去尋找自己學校的「有」！

我們順著海口溝去找它的出海口，去見我們的海、去聽海的聲音和故事；我們（孩子、老師和家長們）去台北、宜蘭拜訪和我們一樣規模的學校，發現這些學校都有著「家」的建築、設施和氣氛，尤其是學校和鄰居間沒有圍牆，家長帶小孩上學後，會順手掃校園，然後自自然然的走回家。

回學校後，大家想：

「別人可以，我們也可以，我們也想有『家』的學校！」

我將校園改造的夢想，申請到文建會「校園我的家」經費的支持，請來了社區營造專家指導，孩子老師和家長們一起興奮描述、討論，啊！我們海口溝學校，居然也能做起美夢呢！

我們陸續更新了圖書館、新增多功能教室，尤其特別的是：

把陽春的司令台轉身爲「戶外海洋教室」：社區營造專家指導孩子、家長蒐集每天吃了的牡蠣貝殼，餐廳老闆會長送來大大的鮑魚殼、海螺殼；施工那天，大家像辦喜宴般一起把這些海的意象，塗、放台、柱上，當發現材料不夠時，家長馬上騎車去海邊，載回被廢棄的牡蠣貝殼。

就這樣，戶外海洋教室完工了，我們有特屬的專科教室了。

接著，戶外觀察招潮蟹、彈塗魚的木亭也陸續完工了，孩子們可安全、自在的觀察海口溝生態了。當全校師生、家長一起敬天謝神時，我怎能忘記，大家會開開心心的流下歡喜和感動的淚水啊！

我們有海口溝，可以講海的故事；我們有戶外海洋教室，可以講社區營造的故事；前方稻田邊有洗蔥棚，阿嬤每天在這裡洗蔥；社區周遭，這裡有蔥田，那裏有蔥田：有四季蔥、有北蔥，所以校慶飄蔥味，過蔥門、吃蔥、洗蔥、捆蔥等活動，是再自然不過的事啊！

當全新夢想來敲門

來海口溝學校的第二年，教育局長來學校問我有沒有興趣去籌備一所新學校，我回家和先生討論，想了一個晚上，就答應了！

我沒想太多，沒有像友人揣測市長的推薦，是因爲：

「我把三十四年的學校，改造成儼然是新學校的成果。」

我把在地化的資源和力

量引入學校，也許正是新學校需要的精神！

也許！但我沒多猶豫就接受挑戰的著眼點是，終於有機會將我近30年在教育現場的所見、所思、所願，有個眞實轉化、實現的機會和場域，那是我多年夢寐以求的教育夢啊！

我第一次與這塊新學校校地相遇時，一畦一畦的菜圃上，有兩處大小不一的三合院，一處堆放雜物，一處屋頂、四周爬滿牽牛花和藤蔓；大榕樹下有座小小的土地公廟，一前一右有兩個大水池，兩面緊鄰民宅中夾著彎曲起伏的馬路和巷弄；另一面有本市第二條灌溉水圳通過，東西南北坡度大的土地中間，有一條不寬的小路貫穿直通到對面的國中和民家。這是我第一次與這塊校舍地相遇，眞難想像新學校要從此處拔地而起！

我身兼二職，帶著僅有的資源，海口溝學校的一位老師幫忙庶務，一位工友幫忙貼公告，市府委託台大城鄉建築與研究所來規劃協助。我們開始進行測量土地、拜訪鄰居、參觀其他縣市的學校等。而完成的新校舍規畫書就是第二階段興建校舍的根據藍圖，這是本市興建學校的新制度。

以前，校長、總務主任、建築師，一個人或二個人就可以建出學校了，不需要規畫書，大都是地多大，經費多少，教室要幾間，配合的建築師很快就會畫出來、蓋出來。然後，每個學校、每間教室幾乎一樣，只是校名不同罷了！

我想：

「新學校的興建，其實要反映著時代的變遷和教育的趨勢，我不能自以為是，我必須去尋找有志一同的人。」

傳統上，校長會先找總務主任，因為他們認為是去蓋房子，找人來監工就好了。校長往往不監工，不到工地去的。

我覺得，課程的概念必須先於建築，換句話說：

「什麼人會來學校？

上什麼課程和活動？

目前的教育思潮是什麼？」

以上，都需要有人一起來分析，一起來釐清，以作爲設校建築和將來課程與教學的藍本。

所以，首先我去找將來可能的教務主任，希望他在課程上能跟我對話。我屬意那位在龍校，有著大眼睛、又是我們省教學輔導團出身的漂亮主任，但是龍校長不放人，只是我不死心，一顧再顧三顧茅廬的請託。

終於，龍校長放了他的愛將，這位有課程觀的主任能來新學校當大將了！

接著成立設校推動委員會，我邀請社區家長、專家學者、五位社區里長參與設校推動，後來更共同討論新學校的命名。

我在家裡、在咖啡館、在研習場域，邀請對新教育思潮、對新學校有想法的老師、建築師來討論對話，等到新學校的雛形、新教室的空間已具體有共識時，新學校要正式遴選校長了！

沒想到，我竟然沒有資格參加新學校的校長遴選；沒想到，籌備設校的主任竟然不具遴選資格！

這是怎麼一回事？在其他縣市，籌備設校主任當然具有參加遴選資格，因爲籌備設校主任從頭到尾主導、參與規劃，也將要實現規畫書內涵。

如果中途換人，所謂換一個人就換一個腦袋，可能一舉推翻前人的所作所爲；規畫書也可能被更換或棄置，如此作法無疑是在浪費公帑！

我投入一年、許多的心力在興建新學校規劃上，那是我和一群老師的教育夢想，而無理、無情的遴選辦法似過河拆橋的排擠了我。

不，我要抗議，我要力爭；最後，我選擇辭去海口溝學校校長的職務，以曾任校長的資格去參加遴選；我想：選上，我就繼續實現夢想，選不上，我也能坦然回歸教職，因爲，我的本職就是老師啊！

請問芳名

有好幾次，我走在街上，聽見後面有人叫我，我轉頭去看。

啊！我發現轉頭的人，不是只有我一個，原來，我們都叫相同的名字！

更有一次我去銀行存款，回家後確認存款簿金額時，發現竟然沒有這筆存款，就趕快回銀行去反應。結果，銀行員很抱歉的說，他們存到另個跟我同名同姓人的戶頭了。

長大了，會想多知道小時候自己的種種，包括我爲什麼叫這個名字。

媽媽說：

「看過叫這個名字的女人很漂亮，讓人喜歡，希望妳長大也是。」

所以，在班上、在工作的地方、在聚會、旅遊的場所，我們會聽到、遇到、認識到很多位叫家豪、志明、志偉、金龍、金水、武雄、進財等的男士，很多位叫秀英、美玉、美玲、雅婷、麗華等的女士，爲什麼要取同樣的名字？我想，那就是父母望子女成龍成鳳的心態和價值觀，希望天天叫、常常叫，想望的事就會成眞！

期許和祝福，這也是我們對新學校命名的態度和價值觀。

傳統上，學校的校名幾乎以所在地來命名，例如位在礁溪鄉的中心，那所學校就命名爲礁溪國小，位在墾丁的中心，那所學校就命名爲墾丁國小，這些學校位在單純、明晰的區域上，比較沒有爭議，容易有共識，但是像我們新學校鄰近有五個里，每個里都理直氣壯的希望以他們的里來命名而各不相讓，沒有共識的會議，大家只好敗興的散會。我希望大家冷靜再想想，回去向里民再徵詢，期待能發揮「三個臭皮匠，勝過一個諸葛亮」的智慧。

在第二次討論中，有的里還是堅持不改建議，希望學校逕行表決採用。這時有一個里長發言說：

「我們新學校位在螃蟹穴、好的風水上，學校在此興學、教育此地子弟出人頭地，是代表人間光明的正氣；對面軍人公墓、基督教士墓地，也是好的風水地，就是想庇佑其後代子孫安平順福，這是往生祖先世世的祝福。

這塊校地處在一陰一陽，正是八卦裡最好的黑白卦，這塊地將來會生養孕育出好人才，所以校名的第一個字，建議取『陽』。

而隔著馬路前後的里都有個『光』字，所以校名的第二個字，建議取『光』，將來學生有成就、造福鄰里社會，二個里臉上都有光彩啊！」

家長用盡心思想給孩子取個好名子，以期許孩子走上幸福人生；新學校集眾人智慧討論校名，也是如千千萬萬的父母心啊！

這樣的心意不只表現在校名上，也擴散到新學校各班的命名上。我請老師回顧、思考自己的名字或各自名字背後的意義故事，再想，是要像我們的父母一樣，每生一個小孩就用心的爲他取名字呢？還是如傳統學校不知所以的套用天干地支、四維八德、或數字就好了呢？

果然，夥伴們眞是太有才了，他們發揮團隊精神，以一個年級就是一個家族價值的概念，先後賦於、創造出非常有教育意涵、有意思的班名，如：

「音符家族：荳荳班、蕊蕊班、咪咪班；魔法家族：魔豆班、魔棒班、魔戒班；精靈家族：花精靈班、樹精靈班、風精靈班……」等。

回顧二十四年來的校史，就是星球家族、喜樂家族、大樹家族、海洋家族、飛翔家族、甜蜜蜜家族……等家族的學習與成長史，每代家族在校名大教育愛的意涵中，一屆一屆細膩的、真誠的許下老師們對孩子的愛與祝福。

如父如母，這就是我們新學校的教育價值觀，我以我的教育初衷——「一以貫之！」的落實！

這塊高低起伏不平的地

這塊高低起伏不平的校地，面積一點九公頃，南北落差十米，東西落差六米，這樣的畸零地怎麼會拿來做校地？我們印象中的校地不都是平平整整、方方正正的嗎？我猜這是當時市府應付當地居民急迫渴望有社區小學的權宜作法。所以，建這所新學校並沒有得到與另所新學校同等的待遇、支持和祝福，因此，我發現，我們的規劃經費比另所新建學校少，我們的校地比較小，我們的設校經費是逐年、逐棟爭取才核撥，而另所新學校是一次就到位，所以，聽說有教育長輩在等我出笑話的傳聞，也不足爲奇啊！

地方訪查後，我才知道我們的校地位在古道上，竹塹時代，從北部坐船在舊港上岸後，會換五分車進城，再步行出城接苗栗、豐原的陸路。彎彎蜒蜒、忙忙碌碌、篳路藍縷的古道在這塊校地前展開，左前方坡地的土質含鐵，因此建一個磚窯廠來就地取材燒磚，俗稱這裡是「鐵屎崎」。

右前方坡度更高了，趕路的人流汗了，載物的牛車不勝負荷的拉屎了，你可以想像一下，這條路曾經是多麼熱鬧，多鄉土、多有歷史味啊！

遴選建築師時，來了幾位在其他縣市享有盛名的建築師，審圖結果，發現只有一位建築師爲我們新學校量身打造，其他幾乎都複製、套圖了他們以前的作品。市長問我意見，我說：

「是要成爲新竹第一呢？

還是要成爲宜蘭、台北第二、第三呢？」

市長會意了，聽進去了，就這樣，選出了爲我們量身打造的林建築師。

我們攜手開始了教育、課程和建築的對話；設校四年，老師和建築師的對話，也整整四年！

怎樣的量身打造呢？

我們一起保持、尊重這裡原是丘陵起伏的地形地貌，不過度開挖、不破壞這丘陵的地質紋理，依地形配置每棟樓層教室和活動區域，但把最大、最平坦的地方留給在戶外活動的孩子們，我們相信，真實的社會地理素材，不只在教科書，也在我們的校園裡。

現在，當我們上學從有著公雞、母雞造型的公雞校門進校後，會走一段緩坡、種著兩排阿勃勒的涼風之路，來到小不點的家（低年級教室），再往上走，來到最高點的陽光廣場，看到了鎭校櫸木大樹，也會看到可愛的蠟筆門在前方迎接。再前進，行政大樓送我們到校地最低點，有我們師生交誼活動的PUB區，一旁的樟樹廣場就在陽光穿過的窗格裡若隱若現。像大象守護的長廊引我們來到自己挖的生態池、彩虹大樓（中年級教室）、七道壯觀新奇的溜滑梯、可作戶外表演的劇場、大哥大姐的窩（高年級教室），和幾乎是獨一無二的藝文館，再來到綠魔毯草原和雖短但實用的八十公尺直線跑道，整理校地特別保留下來的大榕樹、朴樹下有座小小的土地公廟，最後來到校園巡禮的終點站三合院（原地主）的家。以上總總，都是我們在這塊高低起伏不平的校地上，爲孩子、爲老師量身打造的唯一啊！

有天，另所同時設校的家長會副會長來學校參觀，當我們一同站在學校最高點陽光廣場時，他嘖嘖稱奇的說：

「你們學校比我們大好多喔！好豐富喔！」

啊！他不知他學校有兩公頃多嗎？爲什麼他有校地小的迷思呢？我想，是不是因爲他們學校的建築，近乎齊一式的放在方整的校地上，看起來單一窄化的緣故呢？

是的，爲學校量身打造，就從尊重地形地貌做起：

「擁抱差異、尋找故事、賦於意義。」

老師夥伴們，我們要教給孩子的，除了教科書外，更重要、有根的，都在這塊高低起伏不平的校地裡！

新學校
一定要全新的嗎

新學校的校地，久久以前是梯田，農人引旁邊的汀埔圳來灌溉，在圳邊安請了小小的土地公，依節慶或隨時祭拜，來尊天敬土祈求豐收，保平安。後來小小的土地公，移到目前的榕樹下、土芭樂旁繼續庇護這塊土地。

客家群落的農家本住在田邊，後來就在出入方便的古道旁蓋起三合院。這裡有十八尖山餘脈迤邐做屏障，有水、有土、有屋，自足自樂的生活境況可見一斑。

農業社會退去，工商時代隨來，教育思潮的改變，近旁除了有所國中就讀方便外，市府也有中小學在這裡一貫實施的構想。所以三合院的農家、土地公這塊地被徵收爲中小學預定地。因此，屋主搬家，在附近興建、住進了他們的新房子，但還是會如常去祭拜土地公，只是沒人住的三合院就此擱置、荒廢了。

一九九八年，我第一次看見這間比較大的三合院時，大小菜圃環繞，通往三合院的路徑泥濘難行、雜草叢生，我還與一條粗粗的蛇相遇；蔓藤的牽牛花已占據了屋頂，斑駁紅的磚屋在後面一欉竹林的輝映下，眞有人去樓空的孤寂感。

所以當我們設校委員會討論「三合院拆與不拆時」，里長和學校的立場明顯有很大的差異。里長認爲：

「既然是新學校，什麼都應該是新的。這三合院只是普通人家的住宅，房屋格局、規模都單薄，內部空間陳設簡單、不華美高貴，沒有保留在新校園的價值。」

而我、建築師和部分委員的觀點是，三合院具有教育的價值：

「例如：房子的建材、施做的工法、內部空間的分配、戶外的雞舍、豬寮……等，都是學校孩子們了解阿公、阿嬤時代生活的活教材，尋根可以從這裡開啟。」

經過一番激辯、表決，這三合院在教育價值與意義的多數決中保留下來了。幾天後，我入內將可做爲教材的農具、居家用品集中一處，沒想到第二天再進入時，已被搬運一空！

整修過後的三合院素雅極了，我們開心的舉辦「那一夜宿營在三合院」、

「貢丸節」、「冬至搓湯圓節」等節慶與活動，後來更以這裡做爲母語教室，教孩子母語，也請來原屋主之一阿嬤妹妹來講他們在三合院的故事。有一天，我在三合院遇到原屋主阿嬤姊姊，她嚴肅、一本正經跟我說：

「校長，我退還校地徵收的錢，妳把房子還我！」

啊，我們把三合院整修得舒適雅致，阿嬤姊姊心動、後悔得想把房子要回去呢！

屋主阿嬤姊姊還要我還她土地公，並幫她蓋個新的、大一點的土地公廟給土地公住，她不想進來學校拜土地公了。我和建築師都覺得這尊土地公雖小，但純樸可愛，讓祂繼續守護著校園，可以說土地公的故事，可以說土地的故事，可以說心事、說感謝的事。

所以，我向土地公擲筊拜求心意後，建築師請專人爲土地公換新衣、粉漆舊厝，在後門靠近屋主家屋不遠，開了便門，歡迎她在不影響孩子上課的時間，繼續來拜求平安。

新學校一定要全新的嗎？

學校不能有舊的地物嗎？

空間會說話

對我來說：

「學校不是物件，她是活生生的人，隨時隨地都在跟我們說話。」

我們都曾在一字型或ㄇ字型的學校求學，一米五左右的走廊，可清楚從這一端看到另一端，緊鄰走廊各個長方格，就是一間間的教室，老師站著上課，孩子坐著聽課；教室空間只有一張講台、講桌，幾個學生就放幾張課桌椅。這典型九乘七長方形的教室，就是我們小時候僅有的學習天地！

一九七二年，我服務的第二所學校，第一年就帶了五十幾名小朋友，教室裡，只容納著課桌、課椅、講桌、講台，連打掃的掃把、水桶等用具都得放到外面的走廊。小朋友在教室裡走動都不方便，怎能奢想進行不一樣的教學活動？

但是，有些單元還是需要大一點的空間來進行，怎麼辦？

課前就要和小朋友一起搬移桌椅，形成一個需要的活動空間，課後再和小朋友一起搬回課桌椅。搬搬移移，你能想像我一個學期能有多少時間和體力這樣做？其他老師呢？能做幾次？能常態的做嗎？一動不如一靜的教學心態，就如此自然產生，又怎能苛求老師呢？

這幾乎是公立學校孩子的宿命，許多的人擠在窄窄的教室內，唯一的學習方式就是老師講、學生聽，需要多動腦、多活動的，本來是孩子，卻反而落在老師身上，而老師有因此多動腦，願意多動腦嗎？

新學校新機會，我邀來一群關心、願意體現新教育思維的老師討論：

「我們期待怎樣的小孩？

我們要怎樣教出這樣的小孩？

我們需要在怎樣的空間教小孩？」

大家一再反思，一起來打破就讀公立學校隨便、不在乎的迷思和宿命，期許：

「新學校不再有：沒有變化的校園，

不再有：不會說話的學習空間，

不再有：只支援一種教學的設施，

不再有：蛋箱情境、注入式的教學方法。」

我們要和平常人家的孩子一樣，讀著溫暖的家學校，有：

「依地形、地貌、地物而豐富的校園情境，各年級教室是可脫鞋的木質地板，不再是長方形的九米乘七米甚至大到十米乘十米的正方形，兩間教室還有一間開放教室，作爲多功能活動教室，免除師生耗時費力的搬移課桌椅。」

每棟建築有不同的表情，有不同的語彙：

「低年級小不點的家，教室有樓中樓、陽光小窩、加上三米寬的走廊，都是分組活動、休憩、閱讀、交誼的好地方。

中年級彩虹大樓，像外星人降臨的太空船，教室面積正方形十米乘十米最大，兩間教室間還有陽光櫥窗。

高年級教室旁，有七道彩虹溜滑梯，可發洩、滿足高年級孩子正是活潑、青春洋溢的體力，戶外劇場供他們藝術展演和觀看。」

一旁的人文藝術館，可供校師生舉辦平時或期末的學習成果展。

還有那在土地公旁，緩緩起伏的草原綠魔毯，可開心踢足球、放風箏、辦草地市集……等。

啊！暖暖陽光，有夥伴眞好！

謝謝教師夥伴們一起來編織這個有生命的校園；

謝謝建築師耐心、有童心的聽我們教育人說夢話，並且完成它。

讓空間說話，聽空間說話，我們就會知道：

「我們要把孩子帶到哪裡去！」

孩子爲什麼要上學

我承認，我來建這所新學校，會投射著我小時候成長與學習的足與不足，會反映著我當老師教學的期望與困境，會反省著我做爲行政角色的看見與力不從心。

小時候成長與學習的不足，影響實在不小！例如生活圈：

「會畫畫的有一群會畫畫的朋友、會游泳的有一群會游泳的朋友、會打球的有一群會打球的朋友。」

我除了會讀一點教科書外，沒有其他藝能本事和娛樂（除了唱歌、打躲避球、野放遊蕩外），學校有教的，像美術課，家裡買不起蠟筆，更別說是買五顏六色的粉蠟筆，所以上美術課如坐針氈！

學校沒教的，像游泳課，就要看你家附近有沒有一條乾淨的溪或河，或是你有兄姊會游泳，然後帶著你跟著游。

眞的，人家會什麼或做什麼，你不會什麼或不會做什麼等的壓力，隨著學習場域或工作職場的擴大，就成爲無法迴避的孤單，因爲你沒有或少了這樣的友誼和樂趣！

我想，如果學校教育能提早、普遍的實施多元才能培養和興趣探索，我相信就會少掉許多像我這樣，年紀大了才來學游泳、學畫畫、學手作的尷尬和駑鈍。

因此，我不想讓新學校的孩子重蹈覆轍，而我在早修的時間看到了實踐這個理想的機會。新學校的小孩在早自修時間，不再做記憶性功課的抄抄寫寫，級任老師也不必再改一份份的無感作業。

我們實施了晨光活動課程，用多元、有趣的活動課程來喚醒孩子的身與心，有烹飪、瑜珈、陶藝、自然探索、棋藝、舞蹈、球類、電腦……等，不僅收費較低，連我的先生、朋友也來軋一腳，開起免費課程呢！

孩子早早的接觸多元才能，培養多元興趣，不要因家境因素而困在起跑點，就這樣，新學校的孩子早早的來上學了，不想下課、不想早早放學了！

游泳是全方位的體能訓練和發展。

我不會游泳，但是我知道游泳對孩子的身心、生活、娛樂影響深遠，每年有不少溺斃事件，我們又是個有海、有河、有溪的城市、國家，每年出國觀光旅遊，近水、玩水的機會太多太多了，像我這樣的旱鴨子多無聊、多乏味啊！

游泳太重要，太有用了，不能因我不會，也讓孩子不會！所以新學校排除場地的限制，就近覓得並與一家游泳訓練機構合作，就從一年級開始上游泳課了，每年孩子除了有陸上運動會外，還有獨有的水上運動會呢！

從小到大，我們的知能幾乎都是單方面在培養，如：語文能力、數理能力、音樂能力、美術能力……，這些能力在祖父母、父母親時代有用，能輕鬆地找到相對應的工作，但是這些孩子長大後的時代，有些工作還在醞釀，有些還沒誕生呢！不僅工作類別有變化，工作內容有變化，工作方法有變化，尤其人的互動更有變化。

以前，一個人在單一空間，以一種知能可以獨立完成或勝任工作，現在需要跨領域、跨專業、跨人力、甚至跨國際，才能生產出有創新、具競爭力的產品，例如半導體產業的應用，需要光、機、電、軟等人力的整合，這些人才如何提供各自的專業？就必須透過合作尊重、溝通協調……等態度來互動，否則，無法形成團隊；無法融入團隊，工作就做不下去，可能要失業了！

所以，我認爲創造、尊重、合作、關懷、健康等五心性的養成非常重要，新學校藉由每週的主題課程、晨光活動、體能活動等跨領域設計來培養，就是要及早培養「以人爲貴」、「一生能帶著走的特質與能力」。

孩子爲什麼要上學？

就是要來學習編織夢想！

老師之所以是老師，就是要帶孩子知覺他的過去、現在和未來，以成就孩子的夢想！

成就孩子的夢想，就是成就老師、大人的夢想，不是嗎？

老師　你可以陪孩子多久？

現在國小教育採低、中、高三學制，每兩年換一位老師，六年級畢業就會換三位老師。

依孩子的社會心理發展研究，低年級剛入學屬自我中心主義，但天真無邪、容易教化。中年級孩子來到乖小孩階段，開始有小團體的渴求和形成，高年級孩子自我意識抬頭，開始對角色、群體批判，急於脫離乖小孩的歸類。

所以，極多數的老師搶著當中年級導師，因爲乖小孩容易教；而低年級常是資深老老師的專利，因爲天眞無邪容易哄；高年級就越來越乏人問津，因爲叛逆期的少年不容易教，就成了代課老師帶班的宿命了！

曾有位教育同仁這樣說：

「我們學校的孩子讀到四年級就畢業了。」

「因爲沒有正式老師想教高年級，而代課老師素質參差不齊，教高年級孩子的學習成效如何？可想而知！」

國小老師接受全方位、博雅教育的師資養成，主要任務是帶孩子廣域的學習探索與紮根，以身心愉悅發展爲主，知識，尤其專門知識的獲得爲輔，不像國、高中分科，朝專業領域學習與研究提升。

有老師認爲：現在的孩子難教，尤其高年級的孩子最不受教；那，孩子又如何定位他們遇到的老師呢？

師生如果錯過耕耘彼此的情感，以滋養彼此的人生，如此重複上演著遇到好老師與遇不到好老師的故事，這眞的是教育現場的悲歌啊！

其實，兩年帶班時光裡，我們老師了解最多的是前後兩端各5％的孩子，升學、功利主義的干擾，產生了到底是教書，還是教人的衝突；有不少老師「爲何當老師」的信念，淡了、不見了，班級或學校的支持系統如果又沒有，的確會讓許多老師有不如歸去的想法和行動。

我在新學校實施了兩個學制，一到三年級一學制、四到六年級一學制，每位老師都要帶過這兩種學制；如果老師覺得勝任愉快、想陪繼續孩子長大，歡迎老師從一年級帶到六年級。

兩學制，各含一個孩子身心發展的關鍵期，第一學制的一年級和三年級，第二制的四年級和五年級，每個關鍵期有身心發展的任務與挑戰，我們想要藉中間的過渡期來中和、減緩與平衡。

例如，以一二年級孩子的純眞無邪，降低三年級孩子開始愛搞小圈圈的身心啟動，以四年級孩子還處在想當好孩子的群體心，來緩和高年級孩子或明或暗想挑戰威權的毛躁。而我們所有的行政，包括我自己義無反顧地當老師的後盾，當班級孩子出現狀況，我們馬上接手，讓老師不用太分心的繼續照顧較多的孩子。

眞的，老師每天有一定的教學進度，又沒有如國外每班有一位輔導老師的編制，每天如果都要操心、處理孩子身心發展所引發的風暴，疲於奔命的窘境可想而知，所以，大多數老師對高年級卻步的心態也可理解！

我認爲老師需要支援：一個是時間，把帶班的時間拉長，老師才有較多的時間接觸孩子、認識孩子；一個是人力，希望政府能提高每班教師員額編制，每班至少有兩位老師。另外一個及時自助人助的辦法是，善用班級中間的孩子來做中流砥柱。

依我的觀察：優質的孩子已能自顧，他們也大多認爲自己的成就因素不在班上，對班級事務相對的投入也較不感興趣，而學業成就低下又有社、心理問題的孩子，最讓老師操心。中間孩子的學業成就居中，EQ普遍好，他們有暇，也喜歡被需要，如果班級中間孩子的中流砥柱力量夠強，夠厚實、夠溫暖，將能引導並形成班級有同理心的小天空，他們比較能就近擁抱成就低下的同學。所以，營造中間孩子被需要的動機與成果，絕對可成爲老師班級經營的堅實後盾。老師不再孤軍奮戰，就能夠安心教書，才能夠好好教小孩。

但是前提是，這較多的中間孩子一樣需要老師的愛，像老師關愛優質的孩子，像老師注意後段的孩子，所以老師帶班，兩年不夠，最少需要三年甚至六年。

我的天眞想法是，以一個班級三十人爲例，兩年制，老師用心關照重心一年平均爲十五位孩子；三年制，老師關照重心一年平均降爲十位孩子；六年制，老師關照重心一年平均能仔細關照五位孩子。我想，減少量的負荷，帶來質的師生情誼提升，這種學制的變革，是不是有實施的價值與意義呢？

在新學校，兩個學制實施了六年，一位完整走過這樣學制的老師夥伴跟我說：「感謝有了這第三年，我才能充裕認識、了解了我所有的學生。」

但後來從其他學校調來的老師不能適應這樣的學制，他們反映想重回舊制，因爲他們習慣，也一直教中年級。再說慕名新學校溫柔對待孩子，以致特殊孩子紛紛轉學而來了，慢慢的傳統型的老師無法、也不想把孩子帶得更久了。

在我要離開這所新學校的前夕，他們以表決方式推翻了二學制，我哭了！

我爲那些：無法得到老師較多注意的中間孩子哭了！

我爲那些：想把孩子帶得更久的老師哭了！

啊，我錯了！

這麼重要的設校教育信念與實踐，我沒有堅持實施個十年或二十年，沒有辦理幾場的公開論述以討論，就輕易讓傳統型的老師動用表決，而草率的推翻了！

我實在對不起孩子和有心的老師啊！

虎龍豹彪鳳的團隊

走在陽光裡，
身邊有個你。
朋友，好喜歡
人生有夢有你同行；

暖暖心坎裡，
深深記得你，
朋友，我知道
你沒有說出的心意。

如今，
「陽光與美麗」已經變

得這樣熟悉，
沉醉中，癡情叫人年輕！

走在歡笑裡，
心情好愜意，
喔！朋友，
陽光，
讓我們同在一起！

這首詩，是我七年半新學校設校與經營的心語寫照。

學校是什麼？是孩子、是家長、是老師、是行政。

回顧我的教育生涯，看過、聽過、遇過太多教育現場上的「遇到不好老師與遇不到好老師的故事」，例如我自己在小學時，當我在練唱，準備代表學校參加全縣歌詠比賽時，路過的一位老師卻批評說：「唱得比鬼叫還難聽！」而音樂老師卻不吝惜的給我畢業分數一百分的鼓勵！

當老師時，有行政愛指派工作磨練你，有同事眼紅酸味你；當主任時，有校長愛護欣賞你，有校長歧視看輕你……。

以前教育現場上有這樣的論調：一流的老師終身當老師，二流的老師早早離開去做行政（主任或校長）。

這樣論調下的氛圍與影響所及，孩子、老師、家長就不斷有「遇到不好的老師與遇不到好老師的故事」。而我當了十九年老師後，想走上這校長之路，絕不是要來複製所謂「校園的命運」。

所以，我從接受籌備新學校任務起，到新學校正式運作，就不斷尋尋覓覓的尋找對新教育有憧憬、有熱情的教育夥伴。我希望邀請來的夥伴具有這樣的特質：

1. 能愛別人的孩子像愛自己的孩子般；

2. 願意與同事與家長團隊合作；

3. 理解差異、尊重差異；

4. 以實踐見證所學。

這樣特質的人才在哪裡呢？我透過辦研習，拋出邀請訊息來發現，我發揮三顧茅廬精神親自去敦請；感謝市府給我們自己招考老師，新學校的魅力曾有吸引一千零八十七位老師來報名的盛況；更感謝多位素享盛名的專家學者協助我們甄選出我們的夥伴，如：有原本在教學領域就相當出色的主任、有在教學上就實現創新的資深老師、有才剛畢業的新秀、更有各專長領域的老師。

大家都是一方之秀，虎、龍、豹、彪、鳳——懷抱夢想而來，但是各種不同特質的老師，如何整合爲一個團隊呢？對話就是我們了解彼此的介質。我們從制度與教學開始對話：

「主任對話、行政對話、教師學年對話、全校對話、親師對話。」

對話，有時如涓涓溪流，緩緩靜平，有時如溪河各自奔走，滔滔搶鋒，有時如山海對峙，理直氣壯、口若懸河……。

剛開始我不習慣這種有話直說，不懂敬老倫理的新生態，不免有僵在現場，笑哭在心裡的窘態。

創新的老師質疑你缺乏新意，腳步行動緩慢；

傳統的老師擔心你標新立異，四不像。

像第一次討論該不該發獎狀給孩子的事件，「創新的老師主張全廢，孩子一律平等，不做錦上添花的事；傳統的老師主張聽聽家長想鼓勵孩子的心，孩子也有自我肯定的需要。」

當時創新老師的氣場佔上風，我一時不知如何裁定，就選擇走出去透透氣，冷靜下來再聽聽彼此真正的話中話。

對話多了，久了，漸漸找到彼此的共識，新制度接續產生，也順暢推動了，像生活晉級制度、像陽光兒童推薦與選拔的制度、像陽光五法寶精神與內涵、像學校願景與圖像等討論。尤其是廢除低年級定期紙筆測驗，中高年級採期中與期末學習評量的重要變革；評量試卷的指標，訂定依記憶、理解、應用、綜合等認知發展理論來命題，隨年級有不同百分比的分配。我們團隊發揮腦力激盪的智慧，要做到「學什麼、考什麼」，「擺脫測驗卷、破除百分制的迷思」。

虎龍豹彪鳳等的老師們，形成一個絕佳的團隊了，我們也清楚新學校不是為創新而創新，而是在教育孩子多元路徑中，我們最想彰顯與實踐的教育意義與價值是什麼？我們認知到，凡事沒有絕對，只要一起攜手，因地、因人、因事、因時而制宜；我們不怕差異、欣賞差異，在差異中懂得彼此的眞心意。

曾有校長長輩調侃我：

「你沒有校長的威嚴，讓主任、老師騎在你頭上！」

但我不以爲然，我想：校長只是個頭銜、只是個角色，老師們都是我大一點的小孩，愛他們、讓他們、帶他們、教他們；我的夢想是，促成他們都是學生孩子想遇到的貴人、好老師，我們一起在「以孩子爲中心」的教育信念與價值中，虎龍豹彪鳳的團隊，能莫忘初衷、載歌載舞的與時前進！

競爭力：回應家長的疑問

在新學校七年半服務中，家長提問最多的是：我們學校的孩子有競爭力嗎？

家長為什麼擔心？是因為新學校安排了較多元的活動和彈性課程嗎？

是因為新學校不重視記憶和複習？是因為新學校沒有三次月考？是因為新學校的評量很多元？是因為命題超越課本，孩子不會考安親班或其他學校的考卷嗎？

家長擔心新學校跟一般學校很不一樣，沒有反覆記憶、背讀教科書。不寫測驗卷、沒有常常考試，學生沒有排名次比高下，這樣，來新學校的孩子是不是會輸在人生的起跑點上？

我想，家長所關心的競爭力是孩子要重視學業成就高低，他們認爲它會牽動將來就業工作收入的高低，和以後能稱心的富足生活。很多家長這樣相信，因爲他們是這樣的過來人！

我想起我的小學同學，一畢業就很早結婚了；之後跟著先生上梨山種水梨、蘋果。多年後再見到她時，住在用大理石建造的豪宅，端出來的雪梨白、脆、甜、香，蜜蘋果就不用說了，清香、甜蜜、爽脆。問哪裡可買到她的水果？她說，還沒下山就被訂光了！

聽她談她的水果，滔滔不絕，眼睛有光、笑容燦爛，眞是幸福的人，哪是小時候沉默害羞的鄉下小孩啊？

我的一位學生現在是先生公司的高階主管，國小學業時成績在中上，畢業後竟超車前茅；他在班上人緣最好，有創意、有點子，能主動招呼同學或主持並辦理活動。再見他時是在他的結婚典禮上，太太竟是小學同班同學。他的博士論文是《由共軛焦顯微鏡影像建立果蠅標準腦架構》，是教授的得意門生；先生發現他是人才，還沒畢業就搶先支薪敦聘了他。

幾年來，他個人專業無私分享，高EQ的帶領研發團隊，把公司的產能持續推上高峰；又當公司一度陷入經營危機時，他不離不棄的顯現了高貴的忠誠人格。啊！我好佩服先生當年識才的慧眼，他知道，專業知能重要，敦厚親合、與人爲善的性格更重要！

我在同學、學生的身上看到他們令人尊敬的特質：

自信、自強、自足。

自信：擁抱自己的差異，拉開與別人的差異，持之以恆的澆灌心靈沃土。

自強：實踐學習不僅在學校、在教科書上，更在情境上、在友朋上。

自足：與人為善、不炫，不盲目羨慕、永懷感恩的心。

這就是我推崇的競爭力，他奠基在向上向善、成熟開朗的性格，我希望新學校培養出來的孩子是：

「在學校裡，正常的學習外，更要快樂的愛自己、愛同學、愛老師。出社會，用心的服務與懂得再學習，能融入共好團體。在生活上，追求心靈的幸福，甚於財富的盲目堆積。」

所以學校透過多元課程來開發孩子的多元智能，而不是僅盲目專注在傳統的語文、數學的灌輸上。

這是個懂得經營人比一味賣弄知識更有收穫的時代，資訊爆炸時代單一知能，傳統式思維已經無法適應求新、求變、求快的演進步調。

以前長輩都說最賺錢的行業是：

「第一賣冰、第二做醫生、第三做律師、建築師、會技師。」

但現在最夯的行業卻是高科技的整合行業，像台積電、聯發科、日月光……。這些人才除了具光、機、電、軟與行銷專業知能外，同時重視溝通、思辨、組織、整合、創新等新心性的開發。

國小教育是基礎教育，不是分科教育，更不是分類教育，我們的孩子是來學習如何成爲一個快樂、幸福的人，不是來當別人的書僮或成爲教室的背景。

所以，國小不能著重把別人比下去的競爭力，家長如果盲目以此指標選擇學校，是不是太急躁、太短視呢？

不需要校長的學校

　　爲了延續新學校精神，我提前把位子讓出來，後來順利的交棒給有相同理念，又有新意的年輕人；本來想就此退休，沒想到陰錯陽差來到另所百年老校。

　　老學校設校在日治時代，位在政商薈萃區域，校地大、學生數最多，老師多、校友也多。在我服務其他學校時，已經聽聞老學校在音樂、舞蹈、體育等領域有卓越的盛名，是本市北區大部分孩子就讀的學校，其他區域孩子甚至不惜跨區來就讀，不少老師在此生根服務，從畢業到退休，從一而終；也聽聞，這裡是前輩校長們最想光榮退休的寶地！

剛到老學校不久，有一位Ｘ長第一次見面，就調侃我是運氣好撿到這所學校；我心想，說這樣話的他，未免太貶損、瞧不起這所學校的盛譽了！「老學校、大學校、好學校」到底發生了什麼事？沒有把寶物照顧好，隨意丟，居然被不是他們同掛的人撿到？

他一定知道前一回合，兩高層較勁廝殺的事，只是沒想到後段蹦出我這個小家碧玉人家，壞了他們的盤算。而，如果我不是受人之託，絕對不想來淌這次校長遴選的混水，也從來沒想過進這個大戶人家的門！

「既來之，則安之」我得忠人所託，盡全力、盡我該盡的責任，所以我想我需要在最短時間內和兩百多位老師與行政互相認識；我利用週三下午或學年無課時間與各學年開會，請他們說說對學校的期望，對我的期待。輪到一位老師發言時，他直率說：「我們不需要校長！」

請他多說些時，他卻笑笑不說了。

這是個怎樣的訊息？

不歡迎？下馬威、欺生？

或是「來我們學校的校長都是什麼樣的人物，憑妳的資歷，配嗎？」

是的，就我所知，過去派任到這裡的校長，都是政商關係良好才能來的。

這是個怎樣的訊息？

「我們學校的老師長年來都是自動、自主管理，不勞校長費心？」

那校長在哪裡？在做甚麼？

這是個怎樣的訊息？

「我們學校教師與行政間存在著一條壕溝，彼此戒慎沒交集？」

那學校長年處在怎樣的氛圍？家長、學生難道也沒有感知這樣奇怪的氣氛嗎？

我參觀過的森小，種籽學苑等實驗學校，他們眞的沒有校長，是老師們輪流擔綱行政；在我的認知裡，行政與教學是學校運作、發展校務的兩條平行軸線，而這兩條軸線不是壁壘分明、不能跨越。有教學觀的行政，較能理解、支援學校教學的需求和分配；有行政觀的教學，才能理解學校組織資源分配的可爲與難爲。這兩條平行軸線只是角色不同，工作內容不同，但目標是一致，所以需要相輔相成的。

我在新學校時，邀請教學優異的老師擔任行政，或行政下來擔任教學，就是要彼此設身處地，了解所處角色的同與不同，然後再攜手開步前進！

我想，「我們不需要校長」話中有話，這四年任期，我得反覆思考這位老師想要傳遞的訊息！

感謝你們 敬愛你們

每到一個新的學校情境，我最先、也最愛接觸的是總務處，可能是自己當了四年的總務主任，又有設校、親自監工的經驗，對這個處室，對這群人有像家人情誼的想像和期待。

我會「想」知道他們如何工作？「看」他們如何工作？「和」他們一起工作！我會想知道：「他們怎樣看待這個工作？怎樣看待這個

團體？尤其是：他們怎樣看待自己？」

所以，我到老學校沒多久，就特別辦了一個法式下午茶時間，邀請好朋友馬老師作法式甜點和飲品，邀請總務處同事們一起來坐坐、聊聊、吃著、喝著、說著。有人說：「工作分配不公平，有人說：工作考績不合理，有人說：工作不被尊重。」

那怎樣才公平？才合理？才被尊重呢？

我們就一起拿出職務分配表，再仔細看清楚，再分、再歸類。

終於，大家有共識了，決定每兩年輪換工作一次，這樣大家就會知道「說的、想的、跟做的是一樣嗎？就會公平嗎？」

而在工作考績不合理上，除了成立考績委員會外，請大家思考：

「服務考績要合理，大家的工作表現必須要被看見，必須要被你服務的對象看見，例如：『大到整個校園，小到班級修繕，都是大家表現的舞台。有些工作可獨立完成，有些工作需要分工合作，有些工作要在學期中進行，有些工作需要在假期中進行……』」

在這樣充分溝通後，總務處動了起來。開學前，他們已整理好校園等學生回來；學期進行中，他們如約定的工作分配，做好自己的角色責任。整理校園時整個總務處團隊出動，清理校園水溝時整個團隊行動。

我看到：他們彼此說話多了，互動多了，笑容也多了，我覺察到「爲何服務、如何服務、服務品質」等信念，已悄然在這處室養成、成型了！

隨時去看這大大的百年老校是整潔清爽的，除了各班老師所教導的孩子服務外，就是這群默默奉獻的伙伴們所締造、所維護的。

感謝你們！敬愛你們！你們個個都是學校裡珍貴的幕後英雄！

走 去聽老空間說故事！

我沒有忘記，第一次見面時藝文老師的需求：

「這裡的孩子有多元才藝，希望有表演空間，而且孩子作品也多，需要有展示、被欣賞、被肯定的空間。」

是的，我在新學校教學活動空間上，就放入了藝文館的空間，作爲老師和孩子、教學及表演、作品展示等情境空間。在這個空間師生自然然的，日常的領受藝術氣息，進而種下人生藝術素養的種子，因此，你會發覺新學校孩子有著明顯氣質，那種生命中、種子孕育、而抽芽、而長葉、而婷婷生姿的喜悅！

這大大的老學校更需要如是！我開始去走校園，去拜訪空間，去聽空間說話。我上上下下、左左右右、前前後後的走了起來；眞的，老學校校園好大，但孩子多、教職員工也多。全校將近三千人在這三點二多公頃校地上，雖有前、中、後庭戶外空間，但排排、層層、間間的教室，整體還是顯得擁擠不寬敞，除了舞蹈、自然有專科教室的特性空間外，其他都是普通教室，或以普通教室改爲專科教室，像藝文教室，所以教學空間或設施很陽春，缺乏專科教室應有的情境，當然會影響教與學的成效。

可是啊！藝文老師需要的空間在哪裡呢？走著走著，我來到東邊區域，發現有一群孩子邊叫邊朝一排房子丟東西。我叫住其中一位小孩，問他爲什麼這樣做？

他說：「這裡是鬼屋，裡面有鬼！」

走近一看，唉呀！難怪孩子會這麼說：

「窗戶玻璃破損不堪，牆壁骯髒、油汙好厚喔！

僅有的白漆部分也斑駁掉落，室內管線更是七零八落……」

我想，別說是孩子，就是大人經過這裡，也會不自主的有些想像和擔憂，而孩子經過這排老舊廢置的空間，不是結群大叫，就是快速通過，或是丟石頭壯膽；難怪玻璃更破了，裡面的空間更亂更髒了，更可怕了。

我請教主任有關這些空間的前世與今生，他說：

「這六間空間曾經是教室，後來成爲學校的廚房，供應全校的午餐。新廚房蓋好後，太鼓隊的小朋友利用這裡練習，結果卻發生了紅外線曬傷的事件，這裡就不再使用，久了，慢慢就荒廢了。」

他又說：

「這六間教室還不到報廢年限，不過已經提出申請，想改建爲多功能大樓，只是六、七千萬的預算經費遲遲沒下來，所以……」

我繼續走到中庭，進入孩子們打籃球的風雨教室；這棟古色古香、兩層樓高的老建築，巧妙的將校園分爲左右兩部分，也自然的形成中介的停留休閒區；從牆面上的破洞，地面木板缺損情況來看，這裡的使用率非常高，是個非常被需要的空間！

主任說：

「這棟建築以前是禮堂，現在爲風雨教室，已超過報廢年限，但市府沒編列經費拆除。」

啊，她是學校的歷史建築，值得保留，要好好修護呢！

此時，我心裡頓然理解了，從東邊那排空房子到中庭這棟被操得厲害的風雨教室，學校珍貴的歷史前生都在這裡，老學校如果沒有老建築，不是很奇怪嗎？所以，活化她，不是推平她；改造她，不是不理她。

目前，只有這些區域空間能訴說，見證學校的百年風華；留住有故事，能說故事的空間，不就是教育的意義和目的嗎？

所謂：「『破窗效應』，就是沒有人使用的空間會損壞得更快，擴散得更快，我相信整理老舊空間，唯有自助才有人助，有了人助才有天助，與其坐等政府補助，不如我自己先寫計畫去找資源。」

是的！好幸運，我正走在有意義的校務上！

來　看老空間轉身的丰采

　大學校的空間眞的已嚴重不足了，怎能再有荒廢、棄置空間的情事呢？

　所以，當務之急，要來想想老廚房的六間空間可以怎麼活化、再使用呢？

　眞幸運，此時，教育部正在推動活化閒置空間與發展特色學校的計畫，我也發現，現在能源教育、環境教育正夯，老廚房的六間閒置空間也許能改造、發展爲能源課程、環境教育教學與活動等之體驗中心，那麼，自然領域中相關課程就有一個最佳的學習場域，而藝文領域老師所需要的展演場地，這六間閒置空間剛好也能及時應用。

我邀請自然領域老師先動起來，老師們將教科書中有關能源的單元，從一到六年級做縱向整合，這套課程，將帶領所有的孩子有系統的認識與學習能源，並從中建立起能源的基礎概念：

一年級：認識能源　二年級：碳足跡

三年級：如何減碳　四年級：減碳在生活

五年級：綠建築　六年級：替代能源

能源課程的單元架構與內涵出來了，學術界的指導資源也來了，如：中華大學與竹教大教授；企業界的資源也來了，如：台達電文教基金會、台灣應用科技公司……。

就這樣，老廚房前段倉庫空間，有了近三百萬元經費的挹注，很快的轉身成爲：「能源基地、能源科技中心、環境教育中心，內部設施有：『綠建築、太陽能光電板與教具、太陽能監測設施、風力發電機與教具、家庭省能與耗能照明教學設施、腳踏車替代能源體驗設施、立體花園等。』接著，藝文領域團隊也動起來了！老廚房後段的空間，在教育部特色計畫的支持下，轉身爲561游藝館，館內有：『二手玩具屋、植染教室、玻工教室、研習教室、成果展現場所等。』」

藝文團隊進行在地化與學校特色的教與學，一舉使學校成爲全國藝文素養總成績、課程與教學雙料冠軍的標竿學校，並獲獎金九萬元獎勵的殊榮。

所謂「用心得新」，我再一次見證了它的魅力！況且，老學校當然應有老空間；

留住老空間，聽她語重心長的說話；

活化閒置空間，看她多采丰姿，生命將不老！眞的！

我們的課程我們自己設計

沒錯，教科書向來是我們老師教學的《聖經》，照著它一課接一課，進度一步接一步，沒有懷疑，不會跳躍，不敢疏漏。

但是，爲什麼有些單元上起來卡卡的，怪怪的，有些孩子會在這裡塞車？

老師有沒有認眞想過：教科書是誰編的？爲誰而編？編得如何？

爲何我們常常課上不

完，常常要趕進度？其實，教科書雖是全國統編的教材，但那只是專家學者的理想化教材，大人腦中想像的世界，孩子是不是適用，老師必須依學習認知心理與課綱進行檢視與轉化。

尤其是那些卡卡的，怪怪的，孩子會塞車的單元或教材，就是老師出手的最佳時機啦！

另外，一體適用的教科書沒辦法滿足地方的差異性和個別性，例如鄉土教材、校本教材，這些自己的課程就要自己設計；例如我們學校校本的能源教育課程，就是由我們學校自然領域團隊檢視教材而架構出來的：

一年級：認識能源　二年級：碳足跡

三年級：如何減碳　四年級：減碳在生活

五年級：綠建築　六年級：替代能源

後來我發現孩子愛喝飲料，下課喝、活動喝、放學也喝。

一些孩子的體重明顯過重了，真的會影響他們的健康。因此，就順勢配合著教育部與衛生署合力推動的健康促進計畫，邀請營養師、體健老師，設計了「喝水不錯」校本課程：

一上：飲料與我　　一下：我知道怎麼喝飲料
二上：飲料知多少？　　二下：認識奶茶
三上：我會看飲料標示　　三下：我會選擇良好飲品
四上：熱量與生活　　四下：飲品熱量知多少
五上：認識糖飲料與口腔的關係　　五下：飲食與環境
六上：向糖飲料說no　　六下：Drinking I know I can I do.

學務處更熱熱鬧鬧的辦起「喝水不錯」活動，辦理選拔「喝水不錯」運動主打歌，它翻唱自〈海角七號——無樂不作歌〉，它的旋律，全校師生早已耳熟能詳呢！

大學校孩子的學習幾乎是平面，片段的，我帶著課程小組開始了長時間討論與勾勒學校願景，再經課發會與各學年做對照和整合，我們就陸續發展出以培養孩子有空間與秩序概念的「讀圖課程」：

一年級：親密空間與我　　二年級：校園與我

三年級：社區與我　　四年級：新竹知多少？

五年級：學校也可以這麼大！　　六年級：我們去畢業旅行

我所帶領的生活課程工作坊也請來了低年級教師夥伴，研讀課綱、解讀教科書版本，繼而轉化教科書，發展生活主題課程架構。

不久，有課程脈絡的單元也相繼出來了！

啊！老師夥伴，我們可以的，我們可以成爲專業稱職的老師，不要因爲我們是大大老學校的老師就……，我們不是教書匠，我們是孩子課程的設計師，我們有能力對教材進行審視、編修、組撰。

你看，我們一起設計的校本課程有系統、多元、實用又有趣：
孩子知道爲何而學了，
我們老師明白爲何而教了，
踏踏實實的、明明白白的，
當這樣的老師眞好，不是嗎？

落葉落果很難掃，砍了它好不好？

剛來這所大大的老學校，小朋友、老師跟我說了這句話：

「中庭的樹，落葉、落果很難掃，砍了它，好不好？」

砍樹，茲事體大！

我想起X校校長的砍樹事件；校長認爲校門口的四棵黑松不吉利，主張全部砍去。老黑松很高很壯，已然在學校很久，它是學校歷史的一部分了。砍樹當然引來了資深老師和家長沸沸揚揚的抗議，這件事在校園裡喧鬧了一時。

我去中庭看這些樹。鳥聲啾啾，樹下水泥地上紫痕點點，這是什麼樹呢？

老師告訴我，它是肯氏蒲桃樹！每年九月起到十二月，它開始長出串串、纍纍的紫色果實，成熟後掉落在水泥地上，黏黏稠稠的很難掃，所以分配掃這個區域的孩子抱怨連連，也說，落果更妨礙體育活動。

我上網搜尋，初步了解到肯氏蒲桃樹是好的生態樹，除了不能隨意砍外，更警覺到需要帶孩子，老師進一步來認識它。我請來了校友黃大師，請他來跟大家說說肯氏蒲桃樹的故事。

他先帶我們摸樹、聞樹、再看樹，然後就說起肯氏蒲桃樹的故事。

他說：

「1. 日本人建學校，一定會在校園種有經濟價值的生態樹，像：桃花心木、樟樹、松樹、梅樹、肯氏蒲桃樹……等。

2. 生態樹屬直立根，不會橫向隆起破壞地面。
3. 樹長大賣了賺錢，會有經費回饋給學校。
4. 肯氏蒲桃樹花有著淡淡的香味，像小雨傘般很可愛，果實不僅營養可吃，也是綠繡眼、布穀鳥、麻雀、喜鵲等鳥類嬉戲休憩的家，而這種樹的木材更是製作槍托的好材料。
5. 學校的肯氏蒲桃樹是當時的校長和工友種的，已經六十幾歲了。
6. 以前的學生沒零食吃，就爬肯氏蒲桃樹，現採現吃，好吃又好玩，靠近幼兒園那棵，果實大又最甜。」

喔！我們知道了，肯氏蒲桃樹是好的生態樹，更是學校百年歷史的一部分，當然不能砍或隨意移除，所以必須藉由課程來重新認識它。

很快的，教務處成立了「肯氏蒲桃工作坊」，邀請低中高年級有意願的老師來參與討論，進而陸續產出了「戀戀民富，紫耀尙青」課程：

低年級和五年級——肯氏蒲桃闖關趣：

1. 帶著五感去體驗
2. 馬利歐啃蒲桃
3. 肯式小釣手
4. 肯式密碼
5. 手做肯式肥皂
6. 守護肯氏蒲桃樹。

中年級：

1. 種下一顆肯氏蒲桃種子
2. 爲老樹繫上我的祝福

高年級——我們的幸福課：「認識老樹、善待老樹」

1. 寫老樹的故事
2. 畫老樹的故事
3. 我的老樹繪本
4. 走，說故事去
5. 我的玩具自己做——肯氏蒲桃劍玉
6. 我的肯氏蒲桃葉脈書籤
7. 爲你朗讀：「肯氏蒲桃之歌」

我跟老師、孩子一樣，從不認識肯氏蒲桃樹到採果，煮出老樹果汁特調、煮果醬；學生阿公用果醬做蛋黃酥，莎麗主任做肯氏蒲桃蛋糕，我們用修剪下來的樹枝、葉進行植染，做窗簾再用來布置561游藝館。肯氏蒲桃樹下也搭起了綠網，這樣採摘、師生活動都兩相得宜；最後我們搭起了樹屋，讓樹和人都成爲校園裡美麗的風景！

肯氏蒲桃樹和老學校的故事，將生生不息，就像美菁老師寫的〈肯氏蒲桃之歌〉：

「來吧孩子們！坐在我的腳旁
大地以愛滋養　我在泥土裡尋尋覓覓
在烈日下昂然挺立　盡情揮灑生命的意義；
我願
　引你傾聽夜的寧靜　領你翱翔蔚藍的天際
祈願
　你在我的懷裡　度過每一個春夏秋冬。」

是的，童年裡，有大樹相陪長大的日子，是幸福的，是被呵護祝福的！

舊的課桌椅

學期結束，學校裡裡外外都會進行整理；汰換學生的課桌椅就是其中一件例行公事，有個別零星的汰換，有整個學年的汰換。

爲什麼要汰換？是壞了！是舊了！

爲什麼要汰換？有時候是國、市立學校的經費充裕，定期換新課桌椅。

這看在公立小學的眼裡，是超級羨慕的。

換句話說，過往公立學校，尤其中小學經費不足，基本設備如課桌椅、講桌、辦公桌等，幾乎用到不堪使用才能局部更換。如果聽說國、市立學校更換課桌椅，立刻透過關係，請他們友誼移撥，一方面解決他們堆放空間的困擾，二方面我們得到完好還算簇新的課桌椅，也是賓主盡歡、美事一樁！

爲什麼要汰換？

有時候是每年定期計畫申請，剛好那年經費充足，補助下來了；這時的情況是，爲換而換，課桌椅可能還是好好的，不舊的。

對學校、班級、孩子來說，更換新的課桌椅，就像添新裝一樣的將爲個人或團體帶來新氣象。但可曾想過，那些汰換下來的課桌椅，即便是很舊，很傳統的兩人一張課桌，他們都去了哪裡？

是的，我自己轉換行政工作，擔任總務主任才看到被換下的課桌椅命運：

「還可用的放到閒置空間如：地下室、教室或倉庫；不能用的、壞掉的，請環保局清潔隊載走處理。」

放到閒置空間後的課桌椅後來又怎麼啦？隨著歲月更替，除了事務組長有印象，其他知道的人，需要的人偶而去光顧尋寶外，接下來是新的一批進來，舊的一批被清出去了，去哪裡，不知道！

是的，我自己當了校長才整體認知到汰換課桌椅的教育、課程、環境等多面向的嚴肅性與必要性，尤其站在偌大的地下室，面對滿滿的、高高低低的、雜陳的物品散置時，那種違和感強烈極了！

我得爲這些物品的再生做點什麼事了！

偶然中認識了戴禹財空間藝術家，他善用閒置、廢棄的物品材料，如家用的電鍋、電扇、漂流木、二手木料等重新創作再裝置，賦於舊物有了新生命。他這樣的態度與作爲，與我的教育理念相契合，再說學校孩子缺乏木工課程的學習與體驗；因此，特聘他來學校與藝文老師協同教學，一起帶孩子動手做課程。

課程木工材料哪裡來？就在陳年雜放的地下室裡，尤其是那很久很久的，褪色了的赭紅色課桌椅；尤其是壞了、缺角的椅子，被孩子刻劃、塗鴉嚴重的課桌最優先運用。

老師帶孩子們先一起回顧了課桌椅跟他們學習的關係或小故事，再認識木材，認識了進行木工課程所使用的工具與方法，再構思，選擇想使用的木料與作品。

就這樣，孩子藉由舊課桌椅逐次體驗了木工課程，產出了木工作品，戴老師用孩子挑剩的課桌椅腳料，在一百公尺跑道起跑端與561遊藝館的牆邊進行裝置創作，在561遊藝館內，廢棄的大小鼓轉身爲別出一格的藝術裝置，孩子的大小作品或放入鼓中，或陳列在窗台上，孩子刻劃、塗鴉嚴重的桌面則鋪設在有落差的玄關入口。終於——

孩子、老師、藝術家共同參與、協作的第一座校園藝術裝置誕生了！

被閒放多年的舊課桌椅因此有著美麗的、永續的新生命，我相信這樣小小的改變，孩子將重新認知舊事物的價值與意義；我相信老師將重新定義與實踐課程的豐富可能與面貌；我相信學校行政將重新思考閒置空間與廢棄物品再利用的教育意義與作爲。

所以，對於課桌椅汰換的例行公事，學校行政與教學是不是能再多面向的思考呢？

大風吹，吹什麼？

以前在海口溝學校，學生一百多人，我可以叫出每個人的名字，也對每個孩子的學習或家庭有著基本的了解和認識；這些小孩幾乎是學校所有活動的主角，大家幾乎彼此都認識。

後來轉任到新設的學校，班級一年一年的招生，學生數一年年的增加，我與孩子的互動認識，雖然也有著海口溝學校的模式，那就是透過活動碰面，透過主題課程相聚在一起，但是，孩子多了，設校工程又同時進行，我沒辦法再像海口溝學校，叫出每個孩子的名字，但我幾乎認得這些小孩的臉，而最認識的是會主動、常來找我聊天，或要糖吃的小孩。

但來到這大大的老學校，學生將近兩千八百人，想著我將無法一一記住他們，內心就愧疚非常。怎樣彌補這個缺陷呢？我想我得以多元方式進行，才能聊表心意！

上學、放學時段，是大量和孩子、家長見面打招呼的好時光，我向靦腆不知如何打招呼的孩子「說早安」、「說再見」，我稱讚那「不僅跟你問好，還深深跟你鞠躬」的孩子，並也立卽的回禮。我向來接送的家長揮手致意，謝謝他們每天眞實傳遞著愛的關懷。

我相信：「臉笑、嘴甜、腰軟是最不花錢的健康功！」

和孩子一起掃地，也是我們互相認識的時段。全校整理環境時間，不管是在前庭、在中庭或在後庭，孩子在哪裡，我也會在那裏。老師一開始會緊張地搶過我的掃地用具，說：「不好看，不好意思。」沒多久，老師們也陸續加進來掃了！我想，看孩子如何打掃，能順勢教他們有效率的整理環境，不也是教育，不也是大人該做的示範嗎？我不喜歡放牛吃草，再說把掃地當教與學的暖身活動，也可以提振精神。一個整潔有愛陪伴的環境、情境，不只孩子需要，大人也需要啊！

老學校的音樂成就非凡，管樂、合唱、舞蹈幾乎都是名耀各方，不只在演出，就是平時這些孩子的專注練習態度，都是觀賞者身心靈的淬礪與滋養；這些孩子帶著亮點，點亮自己、點亮學校，也點亮未來。

只是，我也想著，除了這些點、點亮的孩子以外，更廣大的一群小孩，他們的亮點在哪裡？他們自己知道嗎？我和老師、家長知道嗎？

第一個兒童節來了，我把新學校的「上課變下課」活動課程帶來大大的老學校，但轉身為「兒童秀秀節」。

第一個活動為：大大學校華納威秀。

由各學年挑選適合的影片觀賞，大家席地坐在大禮堂地板上，人人手上拿一包現場爆的爆米花，邊吃邊欣賞影片，好不快意！

第二個活動為：校園一起秀。

歡迎或以班級，或群組、或個人在校園的任一角落展演，啊，這時候，幾乎是千人空班，走廊上、樹下、球場上、校門口，或個人、或三兩一群，或唱、或跳、或說、或演奏、或變魔術，到處都是精華演出，各個使出渾身解數，就連家長也來軋一腳！這一天，我和老師、家長們都看到了許多許多亮亮的點點了，表演的、加油的、觀看的，全都是！

是的，有人天生自然是天才，也有著大夢想，有人跟我一樣是平凡人，但也有著小小的夢想。大夢想也好，小夢想也罷，要實現它，都需要從小學習編織夢想並練習展現它。我又和老師們爲孩子設計了「圓夢達人」計畫，歡迎和邀請孩子利用暑假，爲自己編織的夢想提計畫並練習展現它。開學後，有些孩子的書面報告圖文並茂，有些孩子現場展演，如：舞拳，虎虎生風；如呼拉圈加健康操，精采絕倫……。

啊！孩子學會「自我發現、自我關注，懂得連結與行動」的去尋夢，這樣的一小步，正是人生圓夢，點亮生活的啟航！

其他，又如：能源節能館裡有招募並訓練良好的小小導覽員，他們不見得是成績最優的孩子來擔任，卻個個台風穩健，不疾不徐導覽或解說的風采，都會讓每次來參訪的大人留下深刻印象。

在大學校的我，每天、每季、每年都在和孩子玩「大風吹，吹什麼？」的探索遊戲，不爲別的，就爲了尋找、發現與形塑「大大老學校裡每個孩子的亮點」！

向勇敢 有正義感的老師致敬

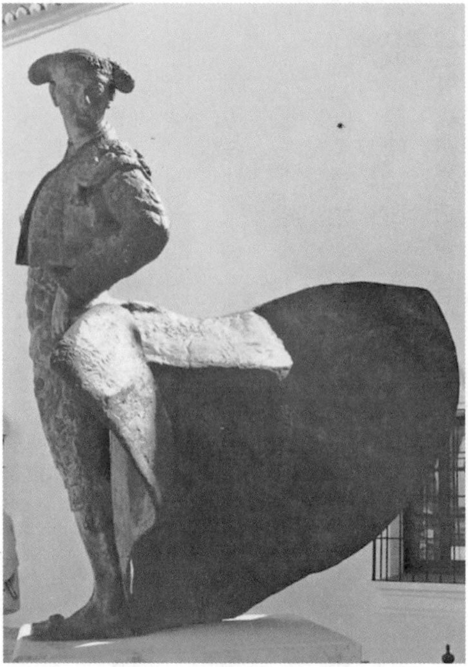

大大老學校的老師是個大家族，大約有一百五十位；這麼龐大的師資群是如何互動、聯繫或交流呢？聽說他們只在教師晨會，學年會議見面，我想，如果這些會議流於改簿子會議，耳朵會議，那誰又認識誰呢？

我想起我在新學校服務時，來了兩位大大老學校的超額老師，他們說了令我印象深刻的話。

她說，有一次她走在走廊時，有位老師跑出來問她：

「這位阿姨，妳要找誰？」

原來這位同事不認識她，以爲她是陌生的闖入者；但也難怪，大大老學校的老師眞的很多啊！

只是現在校園有：

「小孩難帶，家長難搞，行政難相處。」的氛圍。

如果老師們彼此不多交流認識，校園只是擦身的過場，沒感覺、沒感情的常態下，當面臨以上氛圍挑戰時，如何期待有人、有團隊適時出手支援？反之，獨自扛問題，那是多寂寞、多無助的心哪！

其實，老師們認識彼此，形成一個共榮、共好的群體，我們本來就有一個共同的重要舞台，那就是大家都回到課程的準備與討論機制。人人參與共備課程，學習發展課程，樂意分享課程，然後從中就能自自然然的相識到相知。以課程的準備與討論機制來開啟彼此在孩子學習的、家長關心的、行政工作等對話，一定有助我們釐清、辨思、統整教學該何去何從的歧異！

我想藉由課程的準備與討論機制，名正言順地促進教師間的情誼。

一個契機來了，那就是突破不敢成立課發會的迷思和擔憂來召喚隱藏或沉睡的熱情。所以，當校務會議討論成立課發會提案時，我能聞嗅到現場瀰漫著一股不安的氣氛。

初始有人不耐煩，提議逕行表決；我按兵不動的表示：等所有參與的教師代表都表達意見，充分聆聽後才來進行表決。我沉著的靜觀正、反方的攻防，耐心的主持這場實在嚴肅、緊張，但也理性的會議。

成立課發會的表決最終通過了，大大老學校終於領先其他大型學校而率先成立課發會了！我第一次見證這群外表沉默但心裡明白的夥伴，他們真的是勇敢的課程先鋒，不怕被孤立、不怕被標記，當校務最後需要做正確決定時，他們勇於表達正向支持的態度。啊！誰說大大老學校的老師庸庸碌碌，沒有重視課程與教學這樣的心思？

就這樣，以課發會為核心，我們織起了張張的串心網：

「一張網連接了學年主任，各學年主任串起了各學年各班，

一張網連接了課程主任，各課程主任串起了各學年各課程，

一張網連接了領域召集人，領域召集人串起了各年段各領域。」

後來，在大大老學校裡，老師們一個星期不再只見兩次面了，三次、四次、甚至五次，大家有了目標，有了正確方向，要聊的話題多了，課程的、教學的、孩子的、家長的，我覺察到老師們看彼此的面向多了，心智的交流也越來越廣了。

我同時送上好書，請老師們共讀，如：

《先別急著吃棉花糖》、《第56號教室的奇蹟》、《不斷幸福論》、《一

生至少當一次傻瓜》、《12歲的天空》、《給長耳兔的36封信》、《梅崗城的故事》、《管理學的一百個故事》……

校園裡，越多人不再害羞了，越多人不再擔憂的輪流當起教與學的領頭羊了！

我們也常去觀摩標竿學校，參訪美術館，一起溯溪，攀登玉山、雪山、遊澎湖、走北勢溪……。我們一起開開心心的在校園大樹下舉辦大大老學校獨一無二的教師節、在大禮堂過全校歲末聯歡……等，走出學校，看山、看水，看見同心關注孩子的夥伴，和越來越懂得愛的自己。

我用了各式各樣的串心網，和老師們縱縱橫橫的穿梭，不爲別的，只爲了促進學校大家族的親近，人生有幾個十年、二十年、三十年……，我們有幸來到這個大大的老學校裡，我們應有一家人的親啊！

但是啊，但是，沒有從此過著好日子的童話結局！

我來參加大大老學校的校長遴選時，那位一開始就對我有成見、表示不歡迎的「大人」，開始陸陸續續找我麻煩了！他自己來，找不同的人來，數落我不聽他的話，說我只做自己想做的事，沒事先向他請示。

他指責我做的老空間活化都屬違建，錯誤，廠商因此不僅遲遲領不到施工經費，還強勢命令我拆、拆、拆，馬上拆、立刻拆。

我認爲：我從師生需求出發，從課程出發，我自己寫計畫爭取此經費，我節省公帑，活化閒置空間，我有做錯嗎？

我一遍又一遍向來了解，調查的長官說明，雖然我一次次淚眼模糊，但也意志堅定，我爲什麼要拆？民代怎能如此粗魯，無厘頭的干預校務？只因他是大人嗎？

然而面對來來回回的詢問，汙衊、刁難，我的心累了，在服務的第二年五月，我悄悄的提出退休，向我的直屬長官發出「求救」的訊號。但是啊！直屬長官沒慰留我，他慰留了另一位校長，聽說還指定他來接我的位子。

大大老學校的老師紛紛跳腳了，他們不清楚我為什麼要提前離去的始末，他們更不能接受直屬長官為什麼沒慰留我，反而另派也提退休獲准的校長來，老師們希望我勇敢的說出委屈。

終於，我把心中的委屈向夥伴們說明後，大家希望我留下來推翻上面的如意算盤；我接受了老師們的慰留後，立即行文撤回退休申請。沒想到上面卻壓住公文，不給撤銷（卻給另兩位校長、園長撤銷），也沒有其他回覆。

日子一天天的進入六月，眼看暑假就要來臨，新的學年就要開始了；遲遲等不到撤銷回覆的老師們開始簽名聯署慰留我，並帶著一百多位老師的聯署書去見長官。但長官不是避不見面，就是支吾推託，遲遲不肯答覆。有位民代朋友看不下去，偷偷點示出背後有隻操縱的黑手。

可悲啊！這是什麼教育體制竟然淪喪至此！焦急又無奈的老師們只好決定

集體去市府請願，把事情浮出檯面，訴諸社會公評，一則爲我洗刷冤情，二則洗刷大大學校老師只會趕走校長的負面風評。

七月二十四日星期五上午，我在學校，三四十位老師、家長拿著請願牌、請願書出現在市府廣場，驚動了裡面和外面的人，警察先生也一個個靠近來關切。市府擔心有礙觀瞻，老師們最後都被請進會議室說明。

老師們、家長們一一說了他們眼中看見的校長，不久，那位大人突然出現在會議室，又再次數落我這個校長的不適任，如此各說各話了一個上午。

隔天，大家又再轉回學校，那位大人也來了，他說他要聽更多老師的意見，要聽聽校長怎麼解釋。

當我看見原本理直氣壯的這群老師，紛紛起立向那位大人致歉、致謝時，我的心被撼動了！他們爲什麼要如此卑躬屈膝？原來，老師們是爲我而忍讓呀！上面長官勸我，長輩勸我也去向這位大人道歉吧！啊！老師們都能如此，我還要堅持什麼呢？

我，去道歉了！

七月底，撤銷退休的公文終於下來了，我可以和大大老學校的老師們再攜手前進了！

那三個月，我再次徹底認識了這群勇敢、有正義感、不屈不撓的夥伴們！這是老天賜給我的最珍貴、最無價的禮物啊！

有道是：「人在非常時刻、非常事件，必能遇見眞情，感受眞心！」老師們的行動，顚覆了我對傳統老師無聲、無爲、無能、無願、無力的形象認知，我何德何能有這群夥伴爲我努力不懈的仗義執言啊！

不會忘記、永遠謹記的「教師勇氣日」！

二〇〇九年七月二十四日，一群老師寫下了自己的，學校的新歷史，我永遠感念這群勇敢、有正義感的老師夥伴們，同時更心疼他們被迫走上街頭、進入市府去陳情抗議！

現在，我依然很感慨：政治已不是來關心眾人的事了，它儼然成爲個人威權的工具，挾著經費補助而走入最清純的校園；我更不解，我領的是市長頒發的聘任書，市長、教育局長才是領導與監督我的長官，爲何我退休與否卻須等民代的大人點頭才能放行？爲什麼？爲什麼？是因爲我拒絕當個唯唯諾諾的無腦校長嗎？

提前說再見
是爲了更愛你

在大大的老學校服務已進入倒數第二年了，校務運作與氛圍都進入佳境，而老學校百年校慶即將來臨，想想日期跟我的任滿只差半年，如果可以延長任期，就能躬逢其盛的辦個別開生面的校慶，再帶著這美好的回憶退休，那麼我的42載教育生涯，絕對精采、圓滿！

世事難料啊！年末了，家長會會長邀請學校行政聚餐，當我步入餐廳發現除了學校行政夥伴外，還來了一對他校的校長夫妻。我猛然覺察：對了！最近他們常出現在學校各場合中，但我都不疑有他，只是今天他們出現在這個場合未免太怪異了！

我連忙詢問鄰座的同事，她抿嘴一笑說：

「那位校長想等你明年退休後來接妳的位子，妳不知道嗎？」

「聽說，他是會長的同學，會長在幫他牽線。」

這個餐我吃不下去了，就藉故提早離開了！

啊！原來這位校長要透過關係，提前一年部署他的校長之路了。這個大大的老學校是他曾服務的學校，他想要回來服務是人之常情，可是想要藉由「人不親土親、河不親水親」的情誼回校服務的校長，就我所知不只他一人，校內有一位候用校長也衷心盼望啊！而這位校長常誇言說：「男校長不作課程領導、那是女校長愛做的事。」那麼，他來這個學校的目的是什麼？把我七年的課程與教學領導全部推翻、丟棄嗎？他年輕，怎麼還活在舊時代？

而我是不是只要把任期作滿就好，棒子誰來接都不要管他嗎？

我想起我第一所服務的海口溝學校，第三年我就把棒子交出去了，交給和我一起深耕，愛海口溝學校的主任（候用校長）無縫接軌了！

現在的海口溝學校教學正常，課程豐富，接任校長服務都有口碑，深受地方的肯定與推崇。

第二所服務的新學校，前四年一邊進行設校工程，一邊實踐教育理念的校務經營，更同時鼓勵一群虎龍豹彪鳳具理念與實務傑出的夥伴，能進入校務領導層，以影響與照顧更多的師生，前後已有四位進入校長群組，也都在學校的經營上各放異采。

但新學校的永續經營，如何交棒呢？

新學校是崇尚教育理念的思考與實踐，從硬體的空間、軟體的課程與教學、到校園景物植栽等，接棒者必須懂得，並願意珍惜、活化、深化這樣的教育精神和理想。

想想：如果不同經營理念的人接了這個還沒站穩的學校，當初「以孩子爲主，以老師爲核心」的教育哲學必然走樣或變調，所以接班人的思考又再度降臨了！

第七年，老天慈悲的回應了我心中的祈願，虎龍豹彪鳳中的一位大將，一如衆願的取得校長資格，他也想接棒奉獻心力，所以，我提早半年提出調動，把棒子交出去了！

而這大大的老學校，如今已朝新教育觀前進，在課程領導下，教學與行政已懂得相輔相成，教師間已陸續有課程討論和共備、觀課的機制，今後怎樣可以永續彰顯教育的核心價值，而不因人廢事，半途夭折呢？

大大的老學校歷史底蘊豐厚，但是近年來校園並不平靜，行政與教學系統不和諧，互相抵制消耗團隊能量；想起本市也有學校，因校內紛擾，教學品質下降而致使學生流失；縱使後續者想要再恢復以前受歡迎、受肯定的榮景，卻面臨事倍功半的辛苦！

所以，爲了老學校的永續經營，我不能坐視不管，或拍拍屁股就走，我必須參與愼選，推薦適合的接棒人選！

我想繼任的人選，至少要有如下專業與修養：

「要有從兩千八百位孩子出發的教育觀點與藍圖；

要有支持、領導老師課程發展的願力與實力；

要以成熟穩健的氣質經營校務，不官僚、不搞派系，更不能有喝酒作風。」

啊！如果等我任期滿，有這樣的繼任人選嗎？我在腦海裡把這些人選，想了一遍又一遍，總覺得他們都好年輕，想必扛不起傳承與活化這百年老校的重擔，勉強或一廂情願的扛起，可能吃力不討好而兩敗俱傷啊！

所以，爲了老學校的風華永續，我必須提早一年交棒，我也必須介入推薦適合的接棒人選。

謝謝老師們、家長會會長理解我的用心良苦，一起幫助我、幫助學校完成最重要的任務。

「再見了我的愛！

爲了更愛你，我得提前跟你說再見了！」

第二部

動力：那些教我當好校長的人與事

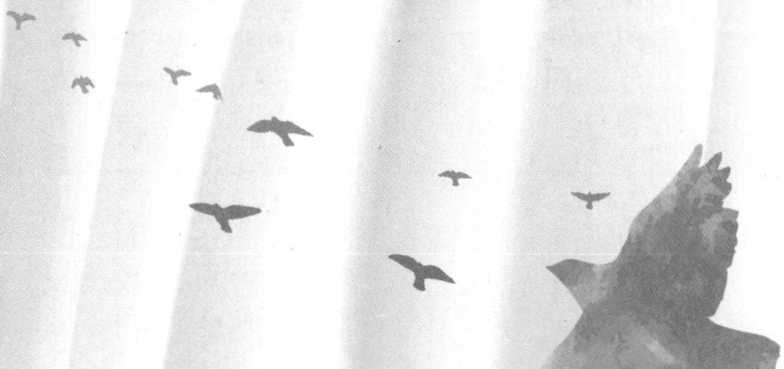

小六　有一天的升旗典禮

我的小學是在有名的溫泉鄉，是當地的代表學校，所以規模不小，接近40班；學校大，有臨馬路邊的大操場，一層層拾級而上的台階，內庭由四方教室圍繞，中間還個操場，我們中、高年級都在這裡參加升旗典禮。

學校有個制度，升旗典禮的音樂，由音樂老師訓練的鼓樂隊負責擊鼓吹奏國歌、國旗歌，所以指揮唱國歌、國旗歌的人也是由鼓樂隊的隊長擔任。

我從小學四年級起，就被選入、參加了學校的鼓樂隊，我從吹笛子一員到高年級時已轉到打大鼓的角色，後來又和另一位同學輪流指揮全校唱國歌、國旗歌。

六年級的某一天，輪到我上台指揮了，我如常專注的揮動起雙臂，期待和鼓樂隊再次完成今天早上的任務。

突然，司令台下的校長大叫著：「難聽死了，重唱！重唱！」

頓時，全校鴉雀無聲，我愣在台上全身抖動不止，我一個人孤伶伶的呆在台上，呆在全校中、高年級老師和同學面前，我不敢看同學的臉，不敢看老師的臉，更不看校長的臉。

什麼時候教音樂的張老師上台來了，他怎樣的指揮大家重唱國歌，我不知道，我只聽到大家唱得很大聲，很大聲，校長沒再咆哮了，張老師悄悄的牽我下台……。

校長爲什麼生氣了？

是生我的氣：因爲覺得我指揮得不好？

是生小朋友的氣：覺得唱國歌不夠大聲、莊重？

還是生老師的氣：覺得沒把學生訓練好？

校長在升旗典禮生氣的原因是什麼，他自己沒有說，老師也沒有問，只是背後竊竊私語，而我們學生更是如驚弓之鳥，只要遠遠看到校長來了，趕快的、趕快的繞個彎，躲起來了！

啊！校長，我們只有在升旗典禮看到您，您如果能多說些鼓勵的話，多說些我們不知道的事，多露出笑容看看我們，我相信，今天我記憶的小學校長會是多麼不一樣啊！

再冷　也要優雅

一九六三年我考上縣內唯一的女中初中部；九月，清晨六點左右，我開始走一段我家屋後的鐵支路去搭火車、去排上學的路隊，再從車站走路到學校。下午五點半左右，再反方向從學校排隊去搭火車、走鐵支路回家。往返約二小時。

我是班上唯一考上省女中的僥倖者，是奇蹟；小學被放在八個班級的最後一班，我們班有像我這樣的年尾生，也有提早入學生，國小六年，依常例，兩年只會換一位老師，六年只會換三位老師，而我們班六年卻換了7位導師。頻頻換導師，學校有沒有想過我們學生能適應嗎？課業教導會不會有銜接的問題？別班老師或學生會不會以異樣的眼光看我們呢？還是以為班上有老師就好，管他什麼人，什麼時間換？

初中，我被放在一年級的第七班，依聯考錄取成績，這樣分班在當時是理所當然，雖然如此，我一樣高興，家人也一樣覺得揚眉鄰里，我也一樣歡歡喜喜的拿著大姐初一就中輟的女中布書包，穿著藍衣黑裙啟程我的少女時光！

喔！我們的校長、訓導主任都是女士，她們都穿著好看的旗袍，好優雅！

十月、十一月……，東北季風漸強，寒流由北方直襲而下，越過我們的海——太平洋，親臨到我們的家，它在鐵支路、車站、路隊、學校迎接我們，呼送我們；我們僅穿著單薄的衣裙，很冷！有家長跟主任、校長說：

「天氣太冷了，藍衣、黑裙不能保暖，是不是可改穿長褲、穿厚一點的外套？」

後來，聽說她們這樣說：

「我們是女校，女孩子要學習『優雅』：書包不能用背的，要用提的，要穿裙子，不能穿長褲，女孩子就是要有好的姿態和形象。」

她們又說：

「我們也一樣穿洋裝，沒有穿長褲呀！」

只是，學生校服的材質一年四季幾乎一樣，而她們衣服的材質四季明顯不同，又有厚厚的大衣罩護全身，學生只有薄薄的外套保暖上半身；她們坐車、騎車上下班，學生幾乎都走路上下學，有一樣嗎？

家境好又懂得變通的同學，藍衣領掛在毛衣上，半長褲藏在黑裙裡，而像我這類的學生，窮窮的、畏縮的、學校怎麼說就怎麼做的，穿了三年「再冷也要優雅」的校服，心裡只能默默期待有一天：

「在『愈冷愈開花』的勵志意識和制度薰陶中，我們朵朵都茁壯的成爲

——堅毅的蘭陽花！」

女孩子讀那麼多書有什麼用？

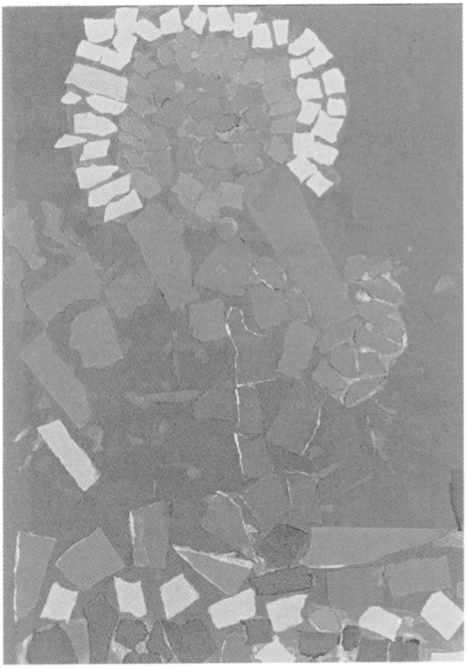

一九六六年初三第二個學期，再過一個月左右，我就要從初中畢業了，我是班上唯一免試，直升女中高中部的幸運者。

有一天，我在家裡的邊間聽到嫂嫂跟哥哥說：

「……女孩子讀那麼多書有什麼用，還不如找工作，去賺錢！」

我心裡真嘔，真不服氣啊！我的小學六年，初中三年學費，不是靠著獎學金，就是仰賴大姐、二姐工作，或是媽媽托托拉拉、七拼八湊之下才繳清的，大哥在鄉公所當個小職員，成家後自顧已不暇，從來沒有心力照顧過妹妹們。

我生氣的去跟媽媽說：

「我不讀高中了，我去工廠當女工⋯⋯。」

小學的班導黃老師知道了，提議去考師專，他說：

「讀師專五年學費由政府負擔，一畢業就可當老師⋯⋯。」

我的就學方向改變後，我很快的坐車去告訴初三的導師，請她協助退還我的畢業證書，讓我能及時去報考師專。

導師詫異的、反覆的問我緣由，然後她又堅定的說：

「妳不要擔心，三年高中學費我來付！」

我邊哭邊謝著導師，她只擔任了我一年的導師，竟然對學生如此情深義重，但三年高中學費，以我的家境，何年何月何日才能還清……？

我決定孤注一擲的去報考師專，我的準備時間不到一個月，在資源缺乏下，就僅讀著黃老師買給我的綜合複習參考書。我在老師親戚家苦讀到深夜十二點，清晨四點黃老師叫醒我後，就著屋前的圳溝水洗臉，清醒了，再進屋繼續讀，接近早上六點，才走路回家做家務、趕車、上學。

我想：

「我沒有退路了，只有考上師專才能繼續讀書，沒考上，我就只能去當女工！」

在山海間浪蕩的青春

十五、六歲的年紀，還是個大小孩，身心正在發育和發展，對自己、對外界、對未來都隱藏著一顆好奇與想飛揚的心。

我考上後山的師專了，我們班四十五人，各自懷著不同的心情故事來到這前有大山，後有大海的山城，剛從教育廳轉任來的何校長，帶著教、訓主任等新力軍投入剛改制的師專行政，後來又陸續提供好條件，讓前山的教授們願意成爲空中飛人，飛來山城傳道授業。

是的，比起師範生前輩，我們多了些資源、更多了些自由，男女生聚會講話，不再有導師或教官列席督導，除了應修的學科外，可成立的社團也逐漸多元，容許學生的自主性也較多了！

只是，師專老師們在帶領我們這群十五六歲的大孩子走向「人教人、人帶人」的教育人生道路上，竟是「教教科書多於教人，念書多於說書」。我漸漸失去了學習的動力，開始過起自我放逐的日子！有位同學的話更刺激了我：「酒逢知己千杯少、話不投機三句多。」我不再專注讀教科書了，我開始接觸新文學、新學派，我嚮往同學談論存在主義、自由主義等的話語滔滔，就這樣，有門學科要補考了，我流浪的心才稍微收斂起來！

沒錯，校園茵夢湖畔、操場邊樹下，總會看到孜孜矻矻的勤學人，他們在這裡靜心的自學五年，不受干擾的爲自己未來轉身、爲鯉魚跳龍門準備；對照著三三兩兩散步嬉鬧、等五年的接受現況、未來都已決定了的一群，這裡眞是彼此安身立命的好地方啊！

不管是邁向「人教人、人帶人」的教育人生道路，正値青春、正懷疑人生的我們，除了讀教科書，其實我們更需要人的開悟、理解與陪伴。還好，我們住校，同學間的日夜互動，不同特質與專長的浸潤與影響，或去騎車、或去爬山、或去遛七星潭、太平洋、或去山城同學家包水餃、或是靜夜裡心情的告白等，都是我們單調日常的火花，溫暖了彼此。

師專後期的導師李兆蘭先生，更是我們人生指引的明燈；他常邀我們或個別去他家包水餃、吃飯，這樣的時光，是我們的心靈諮商時光：交友的、婚姻的、未來的，老師如父般的傾聽、分析、分享，師母溫柔的款待，總是能恰如所需的撫慰著離家就學的我們！

我永遠記得導師那席誠懇與智慧的話，他說：

「『婚姻，除了愛，也要有敬』，愛，雖浪漫迷人，但如火花易滅；『敬』如細水長流，涓涓愉悅浸潤。婚姻需要愛與敬，甚至需要敬多於愛，以『敬』來滋養愛，『愛』才不會褪色、消沉！」

這是我奉爲「婚姻與生活」經營與實踐的守則，導師！謝謝您！懷念您！

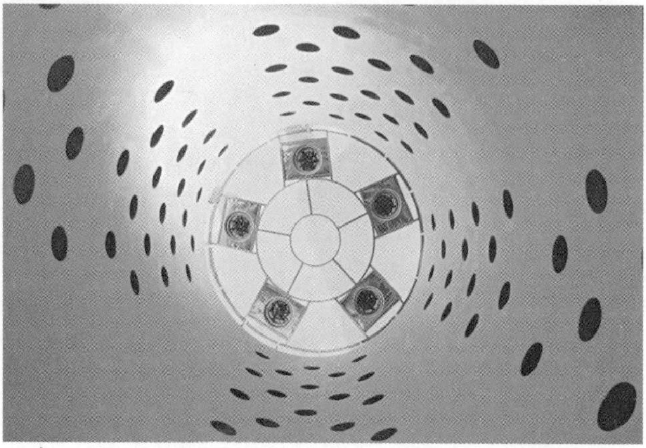

生手上路

一九七一年八月，我師專畢業回到溫泉鄉的小學母校服務，擔任四年級的導師；除此外，我被分派收全學年家長會費（當時學校行政拆解所有收費項目，再分配給幾個導師負責收費），收到後再繳交給學校的出納組長。

開學、收費已經二個星期了，但還是有二個班級沒交家長會費來。

出納組長一直催，我趕緊也去催那兩個班；一個班級交來了，另個班級導師說：「再等等……。」這一等等到將近學期中，出納又催我，我只好硬著頭皮又去找那位同事。沒想到他很生氣的從口袋掏出錢，用力的給我說：「借用一下而已，催什麼？」啊！學校制度讓我當惡人，一般老師要兼收費行政，卻沒有行政職的適法性、正當性，難怪我怯怯的，自覺名不正言不順，而同事是不是也這樣想呢？誰又該導正呢？

下學期開始，我請了產假，等我作完月子再回學校時，學校行政指派我參加全縣運動會的兩百公尺個人賽，我拒絕，因爲我自覺身體還沒恢復，主任卻說：

「沒問題，年輕人恢復得快，想想以前的婦女，一生完小孩就下田工作呢！」

也是，我年輕，我才二十一歲，而且賽跑是我熟悉的賽事。

比賽那天我賣力的跑著，我和另一位跑者把其他人拋在腦後。突然，我覺察跑道前方好像有一個坑洞，我不自主的調整腳步。然後然後，我就摔倒在坑洞上，我的手腳嚴重剉傷了，名次飛走了。

而坑洞裡的煤渣深深嵌進左手臂皮膚，無法清除，之後它像個胎記跟隨著我，提醒與紀錄當年的運動會賽事：

「運動會上，爲什麼跑道上有坑洞？運動員安全的維護竟低下如此！爲什麼發生意外後，只有我先生送我去醫院？主辦單位呢？更別說有慰問和理賠！」

寒暑假，老師們都要輪值；某天我一個人在學校辦公室值日。

校長進來了說：

「林老師來寫個公文。」

「校長，我不會，我沒寫過。」

「沒關係，我教妳。」

就這樣，我第一次寫了公文，那是校長要求人事調動的事……。

我很納悶，校長應該請學校文書書寫、發文，怎麼會在假日叫剛畢業的菜鳥老師寫？為什麼他不呢？而那件公文最後有發出去嗎？

這一年，教學的生手上路了，學期末教師考績下來了：「乙等！」

為什麼？我有認眞教學，還課後輔導學生，也做了學校叫我做的事，還為學校受了傷、挨了罵，這樣還不夠嗎？

甲等考績的指標是什麼啊？

想打架嗎？來呀！來外面！

在家鄉服務的第二年，我應婆家的期望，調到現在居住城市的鄉下小學，只有十二班，我帶著低年級小孩。來新學校服務的第二年，來了位說著客家話的校長。

一天教師晨會，行政例行報告結束，大家起身準備回教室上課時，註冊組長站起來說：

「校長，林老師調來我

們學校已經一年了，她的黨籍還沒有遷到學校黨部，你知道嗎？」

「不知道。」

「校長，你身爲學校黨部的召集人，居然放任，漠不關心……」

「校長，學校的植栽有台灣圖樣，沒有中國地圖，你是不是台獨？我要檢舉你……」

這位組長先是瞪著、指著我說，接下來全面對著新校長大聲的、口沫橫飛的聲討……。

一下子，小小的辦公室靜默無聲，隨著他激昂的聲音，老師們的頭越來越低，連眼光都不敢交集。我忘了校長怎麼回應，因爲我已掉落在自己憤怒的心海，而不爭氣的淚水，一滴滴的掉在正批改的作業上……。

第一節上課的鐘聲響了，但沒有人起身、移動腳步，空氣好僵、好悶、好焦急……。突然一位男老師拉開椅子，大步的走了出去，「回來！晨會還沒有結束，我的話還沒說完。」註冊組長追到門口，拉著男老師的衣領大叫！

「我要去上課……怎樣，要打架嗎？來呀！來外面！」

組長愣在門口，校長立即說：「散會！」

我桌上學生的簿子溼了，桌子的肥皂盒被我捏碎了，那天的課無心無緒，一直想著：

「那個人好恐怖，好可惡啊！」

啊！原來這所學校有黨部，原來他是學校黨部的小組長！

一些日子過後，聽到了關於他發飆的說法：

「他想調到市區學校，但年年調不成，所以他鬧，他借題發揮。」

但是，我想：「黨部的事可以公然在上班、上課時進行嗎？」

後來，爲了減少麻煩，大家集中敘獎給他，第二年，他終於調到市區學校了！

現在重看這件往事，仍覺得不可思議，學校聖地居然有政治黨派公然橫行，明目張膽的干擾教學；我很敬佩校長的冷靜，沒有隨別有用意的人起舞，也感謝那位男老師挺身而出，否則那場教師晨會將成爲鬥爭大會了！

有關係就沒關係！

一九八一年，我小學服務滿十年了，適逢縣內辦理主任甄試，一向親近老師、慈愛如父的葉校長覺得我已擔任過各年級導師，不妨轉任教育行政去歷練，所以建議我去考主任。我徵求先生同意後，就整理相關資料去送件。

參加主任甄試送件的老師眞不少，等候審查的隊伍不短。審查規定：

1. 先比總表積分。

2. 同積分時，比學歷高低或再比年齡大小。

審查結果，我當場被告知：

「林老師，你和某位老師同積分，但他有去修學分，所以他學歷較高。」

換句話說，我出局了！

回校的途中，我不免有些懷疑。我回想今天審查資料的現場，專責審查證件的是一對借調教育局的夫妻老師，是那位最後勝出老師的親人；我的疑問是，他自填已服務滿十年，可是在服務滿十年的表揚活動上沒有看過他，他的名字也沒有出現在名冊上，因此，他的年資積分不可能跟我一樣。

我將疑問反映給校長，校長就請局長重查。

那天晚上，教育局有人通知我第二天再去局裡，我以爲是要告訴我可以參加主任甄試的消息，沒想到，第二天我興沖沖的走到一課，承辦人拉開抽屜，拿出一分資料說：

「林老師，妳的積分和這位老師一樣，但是他的年齡比你大，所以由他去參加主任甄試。」

我說：

「可是他沒有參加昨天現場的資格、資料審查啊！」

他說：

「我忘了，我忘記他已先交資料來，我放在抽屜裡，忘了拿出來。」

我聽不下去了，悻悻然的掉頭離開，一路想著：

「教育行政是這樣嗎？這位勝出的老師和教育局的承辦員是什麼關係啊？」

一年後，我已在市區學校服務，又知道了辦理主任甄選的消息，我決定再去報名。審查會場一如往昔，參加送件的人依然不少，輪到我，當審查老師前後翻閱我的資料時，突然坐在他後面的男老師說：

「女老師當什麼主任，送給我都不要！」語氣充滿調侃和輕浮！

這樣公然的輕蔑，我忍不住憤然地拿回資料，回他說：

「如果你不要，你爲什麼要犧牲假日，在這裡做白工？司馬昭之心，還不是貪圖記功嘉獎快。」

我又說：「如果當行政就可以有分別心，瞧不起女性，不當也罷！」

我傲然的走出審查會場，心想：

「是的，不當主任也罷！我專心當老師，不會礙到你們這些人吧！」

吃裡扒外的老師

一九八三年，我離開了那所學校，那裡的教務主任把廠商、家長送的畢業禮物鎖在櫃子裡，私下再作人情送給想送的人，而只送給畢業生一本小小字的救國團叢書……。我帶了兩年畢業班，實在再也待不下去了，剛好藉由學校減班超額，調到了有金字招牌的學校。

第一次見面，明星學校校長說了好多學校的棒，吩咐了好多學校的規矩，他要我們這些剛來的老師只能彰顯學校的好，不能有貶損學校榮譽情事……，然後他轉身指著一位老師說：

「妳是第八流學校來的，妳爲什麼要來我們學校？妳有資格嗎？」

我們不敢看她的表情，趕快別過頭去……。

我接的是二年級增班的班級，在地下室上課。

第二天放學後，有位家長老師來找我，劈頭就說：

「妳憑什麼接二年級？」

「沒有憑什麼，只是遵從學校的指派罷！如果你懷疑我的能力、條件，我自信年輕、有熱情、有活力，而且也教學十二年了，我一定能勝任！」

後來才知道，在這所學校服務，教低年級是老老師的專業和福利，我才三十二歲，這位家長老師認爲帶低年級要資深到近乎老年紀的老師來帶，而我年輕，勢必不會帶小小孩，所以嗆我破壞了這樣的規矩！

學期結束了，學校要求統管學籍簿，並規定寒、暑假中，學生只能轉進，不能轉出。班上有位有三個小孩，各在不同學校就讀的家長，因爲接送不方便，又適逢他家附近的附小美術班有名額，就想來辦理轉出。我說了學校的規定，建議他親自去拜訪、拜託校長。

結果她告訴我，她千拜託，萬拜託，最後用像女兒般的下跪求爸爸，但校長就是無動於衷！

新學期我換帶一年級，開學後的第一個教師晨會，校長哇啦啦的重述學校的規矩後，大聲的說：

「學校有吃裡扒外的老師，滅學校之氣，長他校之風，眞大膽！……」

第二天開始，第四堂課放學前的十分鐘左右，校長就站在教室後面看我教學，再去隔壁班觀課。

一天、二天、一個星期，我心裡清楚校長想找我教學的缺失。

只是我沒事！

這個一年級班我沒能帶完，第二年又被調去教五年級，並且帶合唱團，而隔壁班，那位跟我一起調進來的男老師，聽說後來得了憂鬱症，生病了！

最後的一根稻草

我在金字招牌學校服務三年後，校長退休了；他悄悄的離開，學校沒有舉辦依依不捨的送別，想想也替他寂寞難過；他特別賞識才藝老師，規定學生寒暑假只能轉進不能轉出，校外比賽沒拿第一名回來就臭臉，常常第一節上課了，還在晨會上數落著我們……，他很在乎學校榮譽，很嚴厲的督促，生怕我們怠惰教學。

接著新校長來了，沒有落落長的晨會，不會來看教學，但會帶候選人進教室拜票，還頻頻敍教學優良獎給那位：前校長嘲諷她是第八流學校來的老師。有次我出差，她來我班代課，嫌學生吵，竟罰班上一位優秀的學生拿椅子，頭上還要頂水桶半蹲；放學了，她逕自離開，卻忘記叫他起身，直到同學打電話向我求救。啊！新校長可知道這位老師的離譜行徑嗎？

新校長接了教育大學的教學實驗計畫，要我和同爲五年級的隔壁班老師執行此計畫，學期末並得呈交教學實驗報告。

一天，最後一節課，校長要我們交代學生自修，五年級全學年導師去課研室開會，他宣布：「教學實驗課程要辦理全市觀摩會，林老師要創新教材，葉老師依實驗範本教就好。」我們無言，默默的接受了。

隔了一個星期的最後一節課，校長又找我們學年去開會，又要學生自修。這次，他重述教學觀摩的形式，也同時交代場地布置：

「林老師在禮堂上課，椅子要多擺一些，葉老師在教室上課就好，椅子不必多放……」

聽完這樣的安排，我舉手站起來說：

「校長，實驗課程教材就是設計要教師照著上，才能反映設計者和實際教學間的差異，以利修正和後續推廣。而示範創新教學，會不會違反、抵觸教授的編輯實驗原意？

再說，我和葉老師都是同事，請不要有差別安排，請椅子放一樣多，開放給觀摩者自由選擇。」

突然，校長站了起來，重重的拍了他前面的桌子，指著我說：

「妳是不合作的老師，妳跟行政過不去！」

我再站起來說：

「校長，我不是不合作的老師；校長，我知道的行政，是來協助教學，行政和教學是相輔相成，沒有誰比較大！」

我放回椅子，快步離開回教室，留下背後可能錯愕的會場……。

我邊走邊難過，我自問：「我是不合作的老師？我跟行政過不去？」

這三年，叫我帶合唱團我就帶，我還自掏腰包去精進聲樂以利教學；別人早晨間、下午放學、假日都休息，我放著自己家庭，都在學校教學生練合唱！

沒有老師願意去參加語文比賽，指派我，我就去！沒有人願意教學觀摩，指定我，我就做……，剛剛那樣的拍桌，那樣公開的指責，太傷人，眞的傷透了我的自尊心！

那一天，那一場羞辱，我一輩子都忘不了，我不斷的想：

「我該離開這所不尊重老師，視老師爲工具的學校了，我該再重拾鬥志，重新揚帆，爲心中的教育理想前進了！」

七拼八湊
縫縫補補的一班

離開金字招牌的學校，我調到所謂的第八流學校，當起六年級老師。

這是一個剛增的新班，我站在教室門口接學生們，只見三三兩兩的孩子，沒有行政或導師集合帶領，他們零零散散的、悠悠的、踱踱的、悻悻的，從沿走廊一旁的各班教室散了出來，那情況，好似從各班拋出一塊、一塊不同花色的小布，等待需要的人，彎腰，一塊塊撿起來，再想辦法拼成一整塊可用的布或……。

我明顯察覺到這些孩子的氣質和我過去帶過的孩子落差很大，而且這樣的人數還眞不少呀！感覺不是依成績高、中、低正常編班的比例抽出（後來有老師偸偸告訴我：有人抽換了部分的學生，給了我他們不要的孩子。）

我請孩子們依身高先找位子坐，然而一群書包帶子拉得長長的孩子，竟直接走到教室最後面坐了下來。我說：

「爲什麼？你們的個子不高啊！」

「老師！我們一直都坐在最後一排，老師規定的。」

「爲什麼？」

「老師說我們不會讀書，會妨礙上課。」

我不以爲然的說：

「我是林老師，我沒有這樣的規定……。」

啊！我帶著需要縫補的心來到新學校，卻發現這一群孩子的心一樣也需要縫補。我們好似同是天涯淪落人，從今天起，要開始互相依靠，互相了解；學習相識、也學習相處。

一天中午，我發現有些孩子不睡午覺出去了。一會兒，有人跑來告狀說他們跑去和原班同學打架。等他們回來後，我問：

「打贏了嗎？」

「打贏了！」

「很好！」我說。

不久，舉行月考，孩子告狀社會科老師考試單元沒上完，但考卷照樣出題，學生不知道，就沒準備，所以考得不好。

我立刻去跟這位老師討公道，請他沒上的單元試題要全部送分。

月考後，孩子說下午五點，體育場有他們喜歡的明星到來，他們想提早下課去卡位追星，問我可以嗎？我說：

「可以，記得拍些照片給我看。」

啊！這些孩子他們現在都好嗎？那位媽媽是乩童，我每天都要吩咐路隊去叫他起床的孩子，現在好嗎？

八年後，我已來到新學校當校長。有一天，我竟然和其中一位孩子相遇在新學校的人行步道上，他開著大大的、重重的卡車，停在校門口剛完成的透水性人行步道上，總務處組長請他開走，他不肯，要我親自去處理。我輕敲司機的車窗，司機探頭出來：

「喔，是老師……你是這裡的校長喔！

對不起……沒問題，我馬上開走……」

謝謝你，孩子，你這樣的記得我；

謝謝那個被拼拼湊湊而成的班，教我更懂得欣賞這類孩子的眞性情、善良心、和本性美，讓我更清楚當老師的態度，就是要沒有分別心的接納各種資質的孩子；堅信老師的心中，沒有明星孩子，只有需要愛、和同時陪他一起長大的孩子！

老師再見

所謂第八流學校的校長眞慈悲，了解我想走行政的路後，推薦我去教育局歷練，也許能快速拿到考主任的績分。

回想我這十九年的老師生涯就要結束，心裡會捨不得嗎？

我的夢裡經常出現不同孩子的臉，家長的臉、同事的臉、校長的臉，他們交錯混雜的放映，一回又一回……。

當我借調來到局裡，看到要協助的課員很特別，她在滿桌文件上寫公文、找公文，有時打開鐵櫃，文件物品會像小溪水般溢出來。

她口述公文給我寫，我總是找不到要發文的主旨，而且落落長的文字後才有一個標點符號，人、事、物，誰是重點很難分辨，最後，我請她放我自己寫。一天中，她會消失幾個時間，再無事般的出現問你：「這個、那個做好了沒？」

我考上主任，需要去儲訓的通知來了，但是她卻叫我留下來，不要去受訓，她保證會請市長直接分發我去仁類（約十班以上到三十班的中型學校），我知道那是不可能的事。考上主任一定要去儲訓，再依成績分發；也就是：沒有儲訓、沒有資格、不會被分發。

她叫課長命令我服從，我打電話跟先生講了心中的委曲，下午，先生出現在教育局的門口，對著裡面大叫：

「誰是X課長？出來！」

經先生猛力的反應，局裡放人，我能參加主任儲訓了。

「老師再見了！」

我將暫時放下帶班的角色，轉身探索教育行政的宗旨與內涵，我相信教育行政不是來爲難老師，而是支援老師，當老師強而有力的後盾；我相信，主任儲訓將帶我再次走入教育的殿堂，讓我重新滋養堅定教育的初衷，我要以豐沛、更有力的愛來「再見老師」！

淚灑口試會場

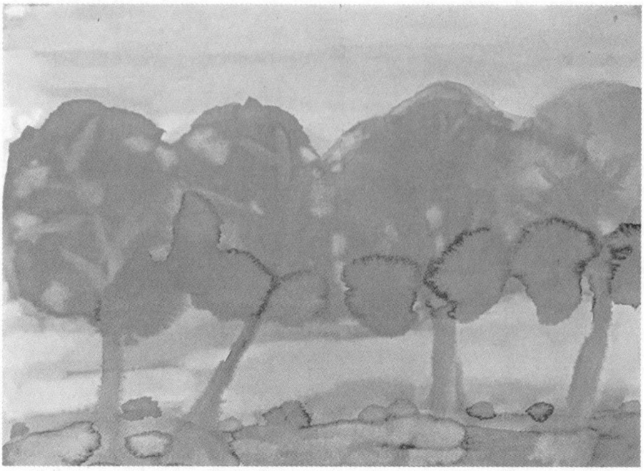

我考了兩次才考上主任的。第一次試寫模擬試題時，我只會傻傻的針對教師教學方面作深入的闡述，長輩校長笑笑的指導說：

「你是要考主任，不是要考老師！主任是行政角色，接觸、關照面比教師廣，至少要有教、訓、輔、總等觀點和做法……」

喔！原來教學和行政的思考，有深度和廣度的不同，只是我當了十九年的老師，沒辦法一下子就改得了熟悉的慣性，因此就這般琢磨了一陣子；但也終於上路去考試了！

早上筆試後，接著參加下午的口試；我走進口試教室，鞠躬、坐定後，考試委員開口就問：

「妳是女老師，妳爲什麼要考主任？」

我好像他鄉遇故知般的傾訴著我所受到的行政委曲。

「怎麼可能？我上個禮拜才去這所學校考察，校長很親切呢！

一定是妳有問題，校長怎麼會拍人桌子？

妳要跟校長好好相處，那是妳的本分……」

我知道老師的本分全力在教學，在孩子的成長與學習上。

那校長的本分呢？口試現場我不敢問，我只有流著眼淚，受傷的離開！

事後我反省：

「眞傻啊！我怎麼這麼單純，這麼容易交心？竟然相信陌生人有同理心，相信考試官『理解老師甚於行政』！」

是的，我大錯特錯了，他們是從事行政的同路人，在傳統的學校系統內，行政向來領導教學，以他們的觀點在分配、決定校務，而擔任主任口試的委員，皆聘請自行政體系，我如何妄想他們會站在老師這一邊思考呢？

第一次落榜後，很快的，我又有第二次機會參加主任甄試了，下午又來到口試階段。

我鞠躬、定位坐下，抬頭一看口試委員，心裡一驚：

「好像是同一個人？」

他開口又問：

「妳是女老師，妳爲什麼要考主任？」

「謝謝委員的提問，我要考主任的理由是：

1. 我喜歡教育，主任的角色可幫助我更瞭解教育。

2. 我有十九年的教學經驗，又曾任省教學巡迴輔導員，教學經驗豐富，但缺乏行政歷練，希望能藉由主任的視野，開拓我教育的廣度。

3. 雖然我是女老師，但工作能力絕沒有比男老師遜色，我曾任的小型學校，男老師少，我們都要不分角色的分工。

4. 我先生也支持我換個跑道關心教育。

以上請委員指導。」

委員頻頻點頭和善的問：

「還有嗎？」

「沒有了！請您指導！」

我笑笑的回答，我笑笑的走向另一間口試會場，無意間撇見遞送口試成績的人，向旁邊的人使眼比手的。

「她的成績好高喔！」

沒錯，這次我考上了，我不再衝動，我學會理性的說著長程的動機，說好聽的官話；眞心話，近程的感性心語，就留待以後，向有心聽的人說吧！

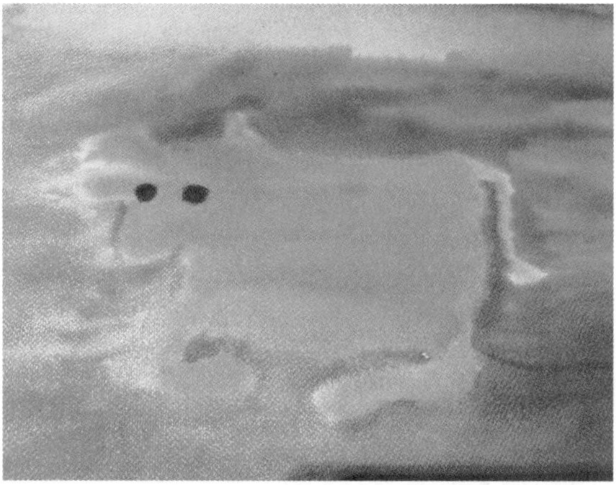

她是母親，拉她一把

我結婚的早，結束青春、遊樂的早，我安分的在家庭、班級、學校，人際關係僅止於學生、家長和同事，除非我代表學校參加比賽，帶學生參加校外比賽，才會多認識一些人……。

我單打獨鬥的準備主任甄試，參加考試到等待分發，我單純的認爲別人也一樣；事後才發現，喔！不一樣，眞的不一樣，他們有伴、結伴。

他們有高人指導、協調，從考試到分發……。

所以主任分發那天，我屬意的學校已都有人捷足先登。

眼看沒有學校可去了，只好選擇最後剩下學校的總務主任缺。

不會忘記那天主任報到時，校長的表情：

「不要來啊！我不要女主任啊！」原來，有位男老師已經代理幾年了，他們合作愉快，寧可出缺不補，沒想到我這個不識相的女主任誤闖禁地。

到了這所學校我也大大的嚇了一跳，四方長條教室圍著一圈紅土操場，紅土爬上了四方教室，混濁了下方教室的藍和上截的白，看起來益發滄桑荒涼。我心裡訝異的想：「這是市區學校嗎？」

來到總務處，看不到一張像主任的桌子，每張都散放著雜務（物），代理主任不在，一位工友來打招呼。我想放我的物品，試著打開其中一個櫃子，再一個櫃子，啊！裡面竟放著鍋、碗、爐和食品，我衝口而說：

「這麼亂，像牛槽（ㄉㄧㄠˊ）」

在場的工友馬上回說：

「對啊！總務處就是牛槽（ㄉㄧㄠˊ）啊！」

我認爲總務主任，是掃帚畚斗主任，所以工友在哪裡打掃、整理環境，只要我有空，我會直覺的彎腰蹲下和他們一起工作。有次被校長看到我和老工友在拔草，他馬上垮臉的說：

「起來！不要幫工友做事！去做妳的事！」

男老工友退休了，來了一位中年的女工友，校長的失望全寫在臉上，他要我拒絕、退回，但，我知道她是位母親，她需要這分工作來養大二個小孩，所以我想給機會，而用了她。

一般的工友都會騎車去送公文，但這位新來的工友不會騎車，她走路坐公車、再走路的去送公文，或去跑銀行，她也負責整理最邊遠的角落環境，她做其他兩位資深女工友不做的事，她還要值夜……。

校長曾示意：「難倒她，看她做得下去嗎？」結果，她撐下來了！

在這個學校服務三年後，我調到她校服務，而她繼續服務了20幾年直到退休，這些年間，她成爲老師的好幫手（印測驗卷、考卷……），成爲學校的好幫手（管理合作社……），甚至透過她在國外當外交官的弟弟，幫忙校長家人改調新職並提升工作新津。

每年，她都會來拜年問好，每年我都體會、感嘆著，什麼是「有情有義」？

不欺貧媚富、不忘恩負義，吃人一口，還人一斗，就是有情有義，她，就是我學習的標竿！

小偷偷了……

很快的，總務工作上手了，處室相處愉悅和諧，我忘了我們剛見面的印象，我開始前瞻思考學校的可能未來。

校園裡有二棟老舊的校舍無法整建更新，是因爲校地還在地主的名下。當初老地主佛心，捐地給地方興學，市公所也以合理的價格買下了它。但聽說因缺乏經費，就一直沒有辦理過戶，這一遲，就過了十五年的登記時間。

學校沒變，變的是，隨附近科學園區的開發，突地學校四周的紅土甘蔗園土地價值水漲船高，後代的地主們想來要回土地，要學校拆屋還地。當然學校不可能拆，他們就希望以現在的價格再購買第二次。

我仔細的查閱相關資料，勤快的跑地政事務所，希望政府機關能站在學校立場，考量當初的時空因素，能通容的讓學校辦理過戶，但最後還是徒勞無功。

幾年後，我聽說政府花了兩三億的經費再次購買了這塊校地，才結束了學校用地的問題！想起多年前市公所事務員處理校地不積極，事未竟功，至後來要加倍浪費公帑，卻沒有人責難追究，而兩相對照我的積極，後來所發生的事件，卻是諷刺與難堪啊！

那一個星期，校長去研習，交付我保管他的小官章；而我為了第二天一早進市府補公文，爲了安全，我把小官章放進包包裡帶回家。

沒想到，那天夜裡小偷光顧我家，偷了包包裡的錢，也偷走了校長的小官章。

這個小偷沒見識過銅做的小官章，以爲是小金塊，高興的偷走了，卻害我寫了長長的報告，還前後多次進出局裡被約談；市府想祭出記過、考績乙等的處置，但我心不服，滿腹委曲的再陳訴：

「如果不是爲解決校地問題，如果不是主辦人搞丟了我的公文，我何需像校長一樣，把小官章帶在身上，一大早就爲了補送公文？」

太積極的結果，我付出了身心交瘁……。

不過，最後長官輕輕放下，記了我：

「口頭申誡！」

翻臉像翻書

實在不想回憶這件事，但不交代這個因，就無法說明後續發展的果，所以也只好再痛苦的回顧一次。

在這個紅土學校服務三年中，我有機會借調省輔導團，從事教學演示、教材教法研究及推廣；一個星期提著行李，舟車勞頓的訪視輔導各城鄉學校，進行卽時教學演示、教材分析和新教法的示範等，壓力當然很大，但回饋的價值卻極高，例如：因此才有機會觀察、觀摩各城鄉優秀的學校，如何把地方特色融入校舍建築，如何把新觀念帶入行政組織和領導，親眼見證了朝氣蓬勃的學校氛圍，讓我不由得有起而效之的憧憬。

從省團回校後，我的視野、懷抱起了變化，所以，當一所新學校剛成立，邀我一同去設校時，我立刻答應，沒有猶疑。

紅土學校的校長生氣了，他留我續任，但我意志堅定，請他成全。

沒想到，調校服務的派令雖下來，而還沒有到正式規定離校時，人事、主計竟通知我下個月的薪水要在新學校領，換句話說，學校已開始停了我的薪水，停了我的公保。

我向人事、主計抗議說：

「停了我的薪水事小，中斷了我的公保事大，萬一這段時間我發生了意外，學校能免責嗎？」

第二天，工友帶話說：

「校長說，如果你沒錢，學校可以借你！」

啊！向學校借錢？我自己原本應有的錢、薪水呢？學校違反調校服務薪資發放規定，竟然逕行先停薪，要我需等到新學校報到完畢，資料回送市府申請後，也許一、兩個月後才能正常的領到薪水，不僅影響我的家計，還中斷了我公保的保障，我怎能默默承受而不據理力爭呢？

人比人。氣死人！

帶著興奮的憧憬，我接下了前一任總務主任的棒子，加入了新設學校的行列。新學校的校長、前總務主任、專家、建築師已完成了校舍興建藍圖，市府也指定了建築師，並完成了招標作業。我的主要工作在工地，看土木、水電營造廠是否有按圖施工，是否有偷工減料。

是的，我看到了建築師

的怠惰，該有的設施沒在施工圖上，又很少來工地監工。開工程會議時，學校要求廠商依實際需要施做，廠商竟說：

「我們低價得標，工程獲利已經很少了，學校不要做不合理的要求，除非辦理變更、追加預算。」

後來開了一次又一次的工程會議，變更設計、追加預算，結果，第一期的總工程款已遠遠超過當初的設計預算了。

我發現，這是不少建築師、營造廠商玩的伎倆，學校在遵照上級指派，又慕名建築師是留美剛歸國的頂尖人選，在沒有其他專業可諮詢、缺乏積極單位專責監工的情況下，只能透過工程會議一次次的協商；校長和我身爲學校的代表，希望廠商能看在世世代代孩子都要使用的分上，大家能各退一步，有良心的做事。

我以自以爲的認知和態度在這所新設的學校服務，但是不知甚麼時候校長開始對我不滿了。他開始在下班後才交代我工作，儘管大家都放學了，另位主任也下班了，儘管我也是家庭主婦，也有孩子要照顧，但校長好似無意知覺，交代完就離開了！而剛到新學校的我只能隱忍、靜默、又能奈何？

我反省：跟我有關的工作，要錢、要時間、要專業、要技術、要看人臉色，往往一時看不到成果；我的工程成果報告只有階段性、簡單、寥少的幾份，相較於邀請我來的教導主任（教訓輔），總是有完整的計畫，多元的工作觸角，再加上他個人強勢的作風，各項成果報告眞的豐富精采。

終於，在一天的放學後，辦公室只有校長和我時，他說：

「老師說妳的表現比x主任差，妳要反省，要更加努力。」

「老師眞的這樣說嗎？」、「可是我們兩人的工作性質不同，我又常在工地，老師不了解……，或是讓我換處室來證明？」

校長聽完，卻面無表情地離開了！

我的自尊心再次受到無情的、莫名的摧折；事後，我去向幾位老師探詢求證，他們肯定我的表現的話語，雖稍微寬慰了我的懷疑，但是我覺醒了：我被邀來這裡，不應該是來襯托某人，來當某人的表現背景！如果校長要評斷處室表現優劣，不依態度，僅憑工作量、成果之多寡來評比，是非常不公平、不合理的，何況一個處室當然比不過三個處室，再說成果是可以做出來的。

又，如果是假借老師之口，來評斷主任能力優劣，這種分別心的汙衊、低下行為，絕不是我要學習的領導榜樣。

所謂「道不同，不相為謀」、「良禽擇木而居」，我何必委屈求全呢？

晴天霹靂的眞相

我原懷抱著教育理想來到新設的學校，卻換來被否定的不合理比較，如果我再待在這有成見的地方，怎能期望他們順眼的看待我的所做所爲？

「走吧！走吧！此地不宜久留！」

第二年的學期尾聲，獲知曾服務過的所謂第八流學校有訓導主任缺，我立刻回校去拜託曾照顧我的校長；

他立刻答應了，接著又說，他在八月要退休，但會把這件人事異動轉知給新校長。

命運眞會捉弄人啊！新校長竟然是停了我薪水和公保的校長，但是爲了盡速離開這個不愉快的地方，我還是厚著臉皮去求新校長，沒想到他竟然一口答應了。

幾天後，來了一位主任的電話。

她開口直說：

「妳是無法去ＸＸ國小的，校長已答應我了。」

「不可能，校長明明先答應我的。」

「我勸妳要有心理準備，否則調動現場妳會很難堪。」

我知道來電者的後台很大，她自誇：所有主任、校長的調動都是在她家進行的。

所以這次也是嗎？

我又去了校長家，了解是否有變動，但他仍然表示沒問題。

調動作業前夕，爲了愼重及確保，連忙掛電話請出和校長關係不錯的會長，請他幫忙探詢校長眞正的口風。

隔天調動作業開始前，會長來電說：

「校長眞的已屬意別人了！」

會長是有誠信的人，他的話一定不會錯，只是我無法接受：

「既然不歡迎我去，爲什麼不直接拒絕？

校長一次又一次的承諾，他的目的、居心到底是什麼？」

接完會長的電話後，我直接去找校長，我必須親口聽他怎麼說。

終於他說：

「你是好主任，去任何地方都能發揮，但是我學校的主任缺，我已另有安排了。」

「只是校長，你爲什麼從頭到尾都不說，你大可一開始就清楚拒絕我，而不是一次又一次的應付我、騙我！」

淚水決堤、哽咽中，我全身顫抖、衝口的向校長宣示：

「我絕不只是好主任，將來也一定會是好校長，我一定要超越你！」

十年後，我來到全市最大的學校當校長；有天傍晚，外面下著雨，我和主任在走廊上講話，遠遠瞥見有位老先生帶著雨傘，順著辦公室前的走廊散步運動而來！

快靠近我們時，他突然拿起雨傘遮住自己的臉，匆匆的、快速的通過！

啊！校長，遠遠的，我就認出你了！何必遮著臉呢？不妨大大方方、清清楚楚的看看當初被你唬弄蒙騙的人，現在，我不只是位好主任，也是位好校長！

啊！校長，既有今日，何必當初呢？

傷心與傷害

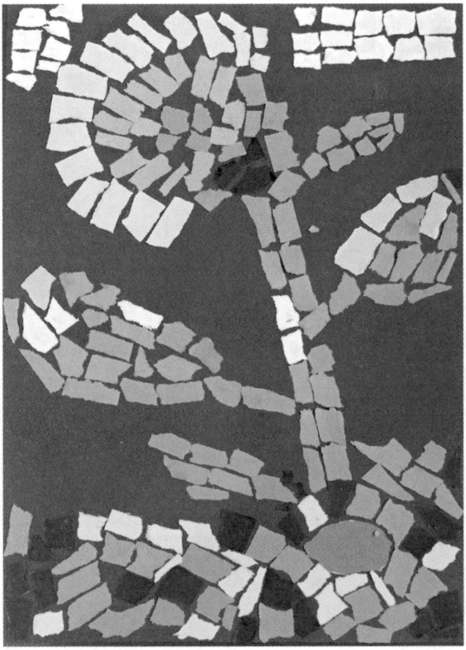

傷心與傷害是雙胞胎，它們的隨行隨附，不是一下子就能簡單的釋懷，而可能是一輩子的沉重背負。

她是我的親戚，住在鄉下；在鄉下國小畢業後，每天走田埂、河堤的路，離鄉去約六公里遠的小鎮讀初中。

小時候她母親就病逝了，由在鄉公所服務的父親獨力撫養四個小孩，因為她會讀書、想讀書，所以國小老師建議她到小鎮讀書，繼續升學。

然而，在鄉下成績最好的她，來到小鎮後不再是最好的了，不再是老師心目中的寶貝小孩，她被邊緣化了；因爲學科基礎跟不上小鎮小孩的超前進度，滿足不了她的明星老師全面的優秀要求，所以三年的上學時光，幾乎過著罰站、罰站、再罰站的日子！

老師說：「歡迎你們來宿舍聊天，來和師母說心事。」而三年，老師和她卻不會面對面說過一句「分數以外」的話！

她大學畢業後，有一天偶而從書店前走過，有人從書店衝出來，並且大聲叫著她的名字。她停下來定眼一看，竟是那位初中老師。直覺的，她加快腳步，往前小跑，不再、不再、不願回頭……。

聽她說歷歷在目的陳年往事，她說心還是會痛。雖然我們都有年紀、都漸漸老了，有些事，當年、現在無法過去的，就會一輩子都帶著的，然後在夢裡、在相似的場景、在相仿的情事，它們就會出來摳你、否定你。還好我們從小受過磨難，壓得住這些小惡魔、壞心鬼；但並不是所有人都有這分僥倖！

我想起自己遇到和處理過類似的師生事件！

我剛調入市區的一所學校，接了一班高年級的孩子。第一次見面，我主動走向孩子的座位要跟他們打招呼，沒想到一走近某位孩子時，他竟然一股溜的鑽到桌子底下，兩手高舉的護著他的頭。我不解地再前進，他就哀嚎的頻頻後退。

我問同學他爲什麼這樣？

同學說：

「他以爲老師要打他；他上課反應慢，常常被打；後來，只要有老師靠近，他就害怕得躲到桌子底下了。」

啊！我的心好難過好難過，眼淚幾乎要奪眶而出，我向他說：「不要害怕，我不是來打你的，等你想出來時再出來吧！」是的，這個小孩受的傷比我小時候還嚴重，我一定要盡其所能的愛他，讓他了解不是所有的老師都愛打學生的。

有的老師愛孩子的方式也很奇特！會用紅絲線綁住孩子和自己的手，然後遊街似的緩緩走過教室和走廊。

問他爲什麼？

他說「孩子調皮，管不住，所以我到哪裡，就用紅絲線牽著他到哪裡。」

我說：

「你有想過這個小孩和其他小孩的感受嗎？還是那就是你的目的？藉由眾人的眼光，公審、標記孩子，迫使這位孩子自我改善？」

還好這個事件發現的早，老師也立即反省改進了，進而帶孩子的心更細膩了；不久他也和多年前的學生盡釋前嫌的走向各自新的人生。

的確，人生不該有遺憾，遺憾不該來自學校，更不該來自朝夕相處的師長。我認爲：學校是培養所有人有強大能量的幸福港灣，我有幸能走過自己的傷心，不讓它成爲我一輩子抬不起頭的傷痛，並在教育路上，在行政與教學的實踐中，努力的型塑老師是孩子的貴人，積極敏覺的防範與處理類似的身心創傷。

眞的，孩子要快樂，才有力量出航！

等你回家

親愛的她，新學校設校前雖然還在百年老校服務，但早就積極參與新學校的課程與建築討論了！我們一起在新學校服務最少有7年，後來還雙雙獲聘成爲教育部生活課程常務委員，一起結伴推動生活課程。

她帶低年級課程很有一套，不僅以孩子爲中心，而且教學策略具有脈絡性的探索和體驗，因此，孩子的多面向能力和開展一一的被看見了。如此的課程觀與實踐成就，在在累積出她教學的行政領導智慧，讓她進一步轉入了教育行政體系，希望更有力量、更擴大的實踐有教學觀的行政領導。

因此，她需要暫時離開服務了十四年的新學校，獨立去試闖新世界。

就在要遠行時她許諾：

「我會回來這夢想發源地。」

我們所有老伙伴也都歡呼、送上祝福，並開始計時等待！

等著、等著，算算該是她回家的時候了，但是啊！

她竟說：

「回家的路途起了濃霧，我可能迷路了，無法回頭，只能繼續前進、遠行……」

啊！我們這群老伙伴望眼欲穿後的錯愕、失望、傷心、失落，如此深深沉沉，是她愛上迷霧裡的風景？還是被迷霧巫魔抓住，牢牢的不放過她？

啊！年輕孩子的心我似懂，也不懂，年輕人的世界我有看法，但，是不是已是時不我與？

我想：人生刻骨銘心的熱情能有幾回？怎能輕易忘卻：那爲孩子追夢的種種深刻體會？

你還記得嗎？我們結盟來自各方，相約匯聚在新校園、課堂或自我安適的心靈角落。我們相信：燃燒彼此心中那朵朵教育火花，即使是點點絲絲，也必能聚光聚熱，進而能引領孩子和家長就光前進。

希望你不會忘記，也希望你想起、記起：那天，一群人從黃昏到華燈初上的守著你，那時、那刻、那人、那心、那夢想、那失落，很深、很沉……。

只是無奈啊！沒想到我們這群老夥伴燦爛的笑容，竟是來告別也許不再有的熱情，竟是來揮別曾經開懷擁抱的伙伴愛！

好吧！我的孩子，請帶走我們一顆顆盼望、不捨的愛前行，但是我們仍然相信：遠行是爲了找到「陽光再見，再見陽光」的回家路！

第三部

滋養：野放童年，韌性的家人

我的小學老師

這個星期，我的孫女阿欣就要從國小畢業了。她開心的盼到了有個實體的，別開生面的畢業儀式，這完美的初階學習句點，我相信將在她一生中刻畫著一席不滅的記憶：校園的、同學的、老師的……。

現在每所學校幾乎都有禮堂，可供重要儀式舉行；回想我的畢業典禮，竟是在大戲院舉行，這座大戲院，我除了放學來看歌仔戲戲尾，和晚上偶爾跟大人來看戲外，那是我第一次，穿著整齊、腳上有穿鞋子，規規矩矩也緊張的坐在大戲院的椅子上。

畢業典禮雖然我們有演練過，但那天戲院來了許多來賓和家長，從六個班浩浩蕩蕩進場，到唱驪歌濟著淚水出場，頒獎、領獎、各界人士輪番上場熱情勉勵，我們學生也確確實實行禮如儀了一個上午，還好戲院有開電扇，否則眞是熱啊！

送我們班離開的導師是僅來了半學期的和尚老師，他因爲和別班老師打賭輸了，就此理了個大光頭，永遠頂了我們送他的「和尚老師」綽號。

半個學期中，他就實施起升學的斯巴達教育，在教室內前後放了兩面黑板，每面黑板總是滿滿的試題，這段日子，除了下課，寫寫寫、考考考、打打打就是我們的日常。

學校上不夠，放學又轉移陣地到老師家寫寫寫、考考考、打打打；結果，班上只有我和另一個男生考上省中。其實已經不簡單啊！因爲我們班是全學年的吊車尾班！

五年級的老師，北師一畢業就被分配帶我們班；斯文帥氣的年輕老師，馬上擄獲青春初萌又蠻野的鄉下小孩。這一年，我們班特別文靜，收斂撒野，連愛上的躲避球課也輕手輕腳，因爲我們知道老師是都市人，他不喜歡粗魯的舉止。但是六上時，他就請調回城市，教比較不讓他費心費力的小孩了！

四年級，又來位北師剛畢業的女老師，超級認眞有活力；我第一次參加校內演講比賽，不僅親自寫稿教我唸、背，矯正我的國字發音，還每天帶我在教室旁的菜園裡練習比手畫腳。比賽那天，我在台上演，他在台下無聲的動著嘴巴，比我緊張十倍呢！沒想到，下學期她結了婚，調到台北去了！

四年級下學期的男老師，愛跳民俗舞，高躭的身材，和一位秀氣的女老師跳舞時，風靡了全校，也帶來全校一陣子學習舞蹈的風潮，只是下學期他不見了，很多年後我才知道，他因在某紀念會上說了不合時宜的話，聽說被帶走了！

三年級的老師脾氣眞好，講話慢條斯理的，又會唱歌、彈風琴；他每天回家睡午覺，要我管理全班秩序。當下午的第一節鐘聲響，別班安靜的開始上課了，而我們班還在演武松打老虎。站在窗戶邊的我，只要發現老師已騎著他的老爺車出現在校門時，馬上轉身傳遞安靜的訊號。

老師一進教室，馬上打開風琴，彈、唱起〈搖船歌〉，我們一邊跟著大聲唱和，一邊彼此作鬼臉，開開心心、超有默契的上起音樂課！

二年級是位阿嬤老師，她的風琴彈得一級棒，她最愛教我們唱兒歌，印象中我們愛圍在風琴邊，看阿嬤老師神奇的踩著踏板，唱著好聽的兒歌，〈春神來了〉這首歌，就是這樣學來的，我也以這首歌參加校內低年級組的歌唱比賽，得到第一名呢！

一年級的老師曾經教過大姊，是大姊最尊敬的老師，她總是穿著旗袍，講著非常標準的國語，ㄓㄔㄕ如果發不好，她會有耐心的一次又一次的捲舌頭示範。就一年吧！她就高升去當主任，後來也當了校長！

五、六年級時我是躲避球校隊隊員，訓練我們的老師超級兇悍，總是叫我們坐在操場最下一級的台階前，他用力的丟球，規定我們只能左閃右躲，除非有把握才能接球。就那麼一次，我試著接了老師的球，竟然食指扭傷了，到現在還明顯比其他手指粗呢！

我最喜歡上音樂課了，張老師會彈很多好聽的歌曲，像：〈媽媽的眼睛〉、〈對不起媽媽〉、〈送別〉……他教我吹笛子，教我打大鼓，教我指揮，教我歡喜的唱歌；他帶我去農村唱歌給大家聽，帶我去參加全縣的獨唱比賽，我竟然打破了學校的紀錄，得了全縣的第一名！

國小畢業時，他給我一百分的音樂成績，我最愛他，最懷念他了！

我的小學老師們，都是我的貴人！他們的專長和特質，都滋養了我成長與學習的心田，都潛移默化了我的志向和性格。

阿欣，畢業前夕，我希望妳也好好的想一遍，所有帶妳長大的老師們！

野放

因防疫的關係，孫子們明天起在家自主管理一星期；我想起細漢時的自主管理，可是上山下海似的遊蕩。

前幾天回娘家，住在老爺飯店，一路上高級溫泉旅館櫛比鱗次的，離鄉五十年的歲月流轉，滄海桑田、物換星移的景觀，令我這偶而返鄉的人不勝感慨！

這個飯店近山的四周，

是我小時候和媽媽撿木柴的所在，從右方，前進上山，是有名的五峰旗三層瀑布；從左方，前進上山，是兩條溪流匯聚的瀑布源頭。

有山的人家，上山種、採有甜度，水分多的宜蘭桶柑，沒有山的人家，住家附近沒木柴可撿時，就在山邊割沒人打理的箭竹和毛萁。我們一群死黨，也常常遠征離住家約三公里遠的這裡，除了土芭樂、桃李樹、金棗樹外，這裡相思樹特別多，綠色、金黃色的金龜子、蜻蜓也就特別多。這裡曾是日治時代的刑場，和地方上的墳地、禁地，我們小孩子常常不理禁忌，偷偷帶著棉線、火柴盒或小瓶子，在這裡展開捕捉金龜子、蜻蜓的遊戲。

抓第一隻金龜子、蜻蜓需要工具，大家就地取材，用樹枝、用衣服或徒手捕捉；抓第二隻金龜子、蜻蜓比較容易，只要拔下第一隻金龜子、蜻蜓的腳或身體，綁在棉線上輕輕的旋轉，陸續就有金龜子、蜻蜓自投羅網的手到擒來。裝在火柴盒或小瓶子裡隻隻的金龜子、蜻蜓是我們的寶貝寵物，可觀賞，比飛行，但是放在抽屜裡的這些寶貝寵物，第二天牠們都不見了的現象，到現在我還是百思不解呢！

山的前方是平原的水田，更是我們一群死黨的遊樂園，我們在田埂旁的小溪洗衣棚趕魚、抓魚、抓蝦，有人在前方水草叢生處用力踩水，同時大聲吆喝趕魚、趕蝦，其他人不是拿著破畚箕抓、接，就是在一旁打水花。手忙腳亂、水花四濺的場面，想來有夠豪邁和刺激！

其實玩水不必遠走水田或小溪，對面阿鳳家的水井四周，總是會冒出一處處的小水泉，夠我們做壓、喝水泉的遊戲，那種手心被水搔癢的涼快，至今還記憶猶新呢！

馬路邊溝渠裡的水也乾淨清澈，小魚蝦點點游著，也夠我們就近下水攪和一番。夏天的午後下溝渠踩水，尤其清涼暢快啊！

累了、餓了、渴了時，我們一群死黨就立刻轉移陣地到人家的菜園，大家一字排開的各自盯、看一畦畦土壟，並且來回走動尋找可賣的鐵釘、鐵絲、鐵瓶蓋、鐵罐，然後集中賣給資源回收阿伯後，買金柑糖、酸梅、冰塊、甘草皮、橄欖……等分著吃，吃不過癮時，甚至敲碎橄欖或酸梅籽，再取裡面的果仁來吃，就是一定想辦法吃乾抹淨，不浪費。

如果那天體力還沒燃燒殆盡，就在阿桑家的曬穀場，畫起跑馬路圖，兵分兩國的推、拉、攻相互廝殺，直到最後因爲輸贏糾紛才不歡而散。

宜蘭多雨，戶外活動受阻時，改在土角厝裡玩彈珠，削陀螺、做毽子、演歌仔戲；夜裡，大人在戶外聊天，小孩踢鐵罐、玩捉迷藏，我還曾經躲在水井的石縫中，直到放牛吃草才主動出現。

細漢時的自主管理五花八門，想來逸趣橫生，不知什麼叫做危險的武膽磨練，現在回味起來，滿是幸福與快樂呀！

看戲尾

今天看到一篇文章，提到現代的孩子除了對3C有感外，其他都無感；想想我的孫子們也差不多如此：放學後的日常是坐在電視機前看他們愛看的卡通、動漫、球賽等節目，不同喜好的人，窩在不同樓層，一派開心、滿足樣，叫他們吃飯、彈琴，或寫功課，每每三催四請到提高嗓門。

也是啊！電視裡有演不

完的戲，誰不愛看戲呢？

想起小學時期，我眞愛看戲呢！當時，電視機剛剛出現在有錢人的家裡，我或大部分的孩子，白天，搶放學時間跑著去看「戲尾」；晚上，拜託鄰居帶我們去看戲。

看戲尾，是當時很風行的全民休閒活動，大戲院會在散場前五分鐘開放給大家免費觀看；大戲院離學校約兩百公尺遠，放學時間一到，那條通往戲院的通學小路，馬上化身爲田徑賽場，我們愛看戲的，個個好似一流的短跑好手，搶進場，搶占位子，搶看熱鬧。

「戲尾」爲什麼吸引人？

因爲，那可是那場戲最精華的總結，或是預告明天場最可看的部分。戲尾大多以武打動作呈現，緊湊、刺激的讓人目不暇及。

白天「戲尾」如果意猶未竟，看不過癮，就會想辦法去「盧」大人帶我們去看晚場戲，大人總是問：「功課寫完了嗎？」

我們一定回說：「寫完了！」

一位大人可帶一個小孩進場，我們雖然沒有固定的位子，卻可坐在走道上，或是蹲坐在舞台前方的VIP座，不僅看到了台上精采的演出，甚至也可瞄到後台的忙碌移動鏡頭，眞是物超所值，開心極了！

謝幕時，所有演員一字排開，男女主角會穿著華麗戲服，刻意戴著戲迷送給他們的片片亮閃閃的黃金項鍊，有夠羨煞又迷人啊！

如果遇上節慶，廟前一定會演平安戲，拜拜兼看戲是當時的豐富日常，更是小孩的幸福日。

家鄉協天廟的四周，來了各式各樣的攤位，吃的、喝的、玩的、用的，眞的是琳瑯滿目！不嫌麻煩的人從家裡拿長條凳或小凳子來坐，而我們幾個皮小孩哪坐得住，走走逛逛、吃吃喝喝，甚至爬上舞台或到後台，看戲、看人，忘了、遠了，眞實生活裡的苦澀與酸楚，滿眼、滿心、滿懷，盡是忠孝節義裡的戲仔人生；明天起，大家就又有力量、又有靠山的奮鬥各自的人生！

吃苦當作吃補

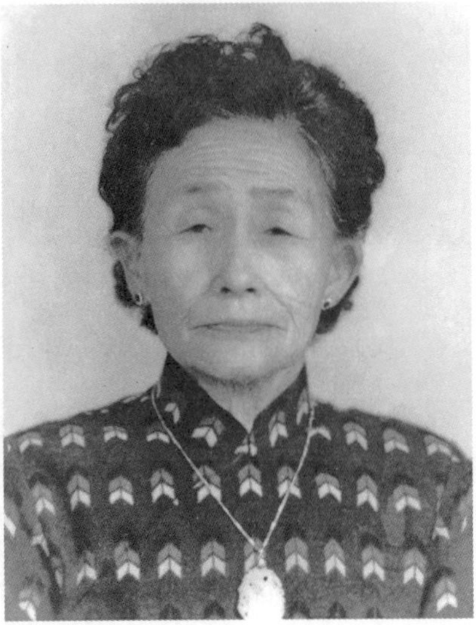

從我懂事以來，就開始拼湊著我成長的點點滴滴。

出生後，我被人認養了兩次，一處是農家，一處是漁家。

我愛哭，認養的人家受不了，最後媽媽都叫大姊去揹回。我曾問媽媽為什麼不要我，她說：

「養不起，有人願意幫忙，就送給他們當養女，希望讓妳能過好日子。」

媽媽在海邊長大，沒讀過書，不認識字，丈夫生病突然過世，留下做生意的債務，還要處理土地放領等問題，媽媽不懂及時去登記，去認領、過戶祖先遺留的土地，等知道時，土地已被別人登記佔領或被劃入公有地了！

是啊！背後失去依靠，又要扛債的一個弱女子，如何獨立養活五個小孩呢？

稚幼時，我以老天爺賜我的嘹亮、不停歇的哭聲，改變了自己的命運，而，哭，也真的是我面對人生難題、難關，第一時間自我最好的安慰與保護偏方。

既然留在原家，我從小就懂得讓自己能活下來，聽大姐說，我可以安靜的躺在麵粉袋做的小吊床一整天，不吵、不鬧、不餓的等媽媽姊姊回來。

媽媽靠著四處打臨工：幫人洗衣服、帶小孩、曬穀子、剝花生、殺魚、貼金紙、做資源回收、挑水果挨家挨戶叫賣等雜活維生，除了妹妹，我們姊妹都輪流作過這些事。

而自從兩位姊姊去做幫傭工作後，我就開始接下他們的位子，陪媽媽出門作臨時工。

其實，媽媽只是希望我陪她而已，大多任我在旁邊自由玩耍；像曬穀子，媽媽堆起一壠壠的穀子，我就在上面練跳高；媽媽去花生田剝花生，我就陪在一旁邊剝邊吃；陪媽媽賣水果，我的手雖幫忙拿著秤子，還是會蹲下來撿水果吃，媽媽總是笑笑的說：「我賺的錢全給妳吃掉了。」

我陪她上山，去河床撿木柴，她自己總是挑著重重的大擔子，而我只是象徵性的拿幾根，而且她怕我無聊，會先用芒草折成孔雀的童玩給我玩，她才專心、放心地去撿木柴。

過年過節，陪媽媽到海邊阿姨家村莊收購鴨毛，總到暗黑的時分才回家，近十公里的路，媽媽挑著沉重的濕鴨毛，自己身心的負荷不說，還要邊挑邊安撫沿路走走停停、不斷喊累的我。

有幾次，原本認識的朋友已收了訂金答應留鴨毛給我們，但別家以較高價錢去收購時，他們就紛紛轉賣了。媽媽挑著濕鴨毛過莊去，又挑著濕鴨毛回來的落空心理打擊，一定十倍於肩上的濕鴨毛擔子！

媽媽有哭過嗎？

她說：

「第一次要拋頭露面去做雜工時，躲在鄰居的圍牆角哭了一陣子，最後還是得擦乾眼淚硬著頭皮去了。」

此後嘗盡人情冷暖，看透人性百樣，會感嘆，但，不再哭了！

像濕鴨毛收購，她只提醒我們做人要有誠信：

「是朋友，就不是金錢可以收買的。」

家鄉多雨多颱風，每到颱風來襲，媽媽就教我們纏繞稻草塞門、塞窗縫：那一次葛樂禮颱風侵襲，河堤潰崩，河水漫流到大街上，成了一條滔滔、壯觀的溪流，每家每戶都淹水了！

我家水深到大腿，哥哥和村裏所有的男性上街搶堆沙包，我們姊妹則爬上客廳的大桌子，媽媽一個人又爬上屋頂放木板，放石頭堵破洞；下來後，她又忙著炒花生給我們止飢。

媽媽的人生是吃苦當作吃補的人生，她吃苦，來補心、補力、補志，我隨著她上山、走村，也練就了十八般武藝：

「陪走的腳力、臂力，讓我成爲跑步選手，躲避球校隊前鋒、壘球選手；
陪看的眼力、觀察力，讓我能讀人，能辨認友善和不友善的嘴臉；
陪叫賣的聲音，讓我能自我壯膽，有獨唱、合唱等能力的自娛娛人；
既要做家事，也要讀書的訓練，讓我養成勤勞、敏捷的身手。」

啊！媽媽給我最重要、最無價的禮物是「像媽媽一樣：
『溫柔有毅力，自己能做的不求人』
遇到困難、挫折，哭一哭，就再繼續出發！」

無花果

我的大姊是我的第二位母親，他改變了我的命運，改變了我們家的命運。

大姊是媽媽做家事，打臨工的得意門生。國小時就可以隨鄰居入山撿木柴，最遠曾走到北宜交界處的北勢溪，她發現這裡乾木柴很多，撿得順手了，木柴已推高像小土丘般，她將木柴分成兩捆，用力一撐，就踉踉蹌蹌的挑下山。但是太重了，只好邊挑邊丟；她忘了不是跟媽媽來，而她也忘記了；她還只是個小女孩而已！

大姊升上女中二年級，因沒錢註冊，哥哥在鄉公所做臨時員又借不到錢，十三歲被迫輟學，從此開始了她提早長大，四處賺錢，幫媽媽養家的人生。

她的第一分工作是，煮飯兼帶小孩，因爲從小做過家事，所以馬上上手，還因此學會了擀麵、做饅頭、做外省菜，過年過節時就做給我們吃，讓姊妹們又敬佩又羨慕！

她還到過空氣品質不好的三重埔雨鞋工廠做女工，再回宜蘭考聯勤總部電池場做包裝電池的工作；不知爲什麼，她還被派去政治處、通訊學校受戰地政務的訓練。

她在電池場工作一個月兩百八十元，配發糙米四十斤，家裡生活開始獲得改善了。我四年級第一次能參加學校的遠足，不僅帶著白米便當，大姊又買了一根香蕉給我帶。就是現在，我還記得能去遠足，有白米飯吃，有香蕉水果佐餐的開心、幸福滋味！

因擔心被電池廠裁員，沒多久，她又去應徵土地代書筆記生的工作；應徵的條件是，要在一條小長方格內寫字，整齊又沒超出格子才會被錄取。

大姊的字是我們家最工整，最有型、最漂亮的，因此她馬上被錄取，又開始了她另一階段新的學習與生活。

老闆看她有耐心，學習力強，特別指定她學習「繼承登記」的工作。

有一次有人來辦理繼承登記，老闆就指定大姊辦理，並說：

「如果妳辦成功了，我會撥獎金給妳。」

但事後，老闆拿了數萬元的酬金，卻忘了要給大姊獎金的承諾，同事提醒姊姊向老闆要獎金，大姊拒絕了他的好意說：

「老闆沒眞心要給我，我去乞討，一點意思都沒有，這樣的錢不要也罷！」

十五年後，大姊獨立當了代書，她以服務鄰里爲目的，收費比其他的代書低，曾經也有顧客隨意給，他就隨意收的豪邁。

家中經濟生活好轉後，大姊開始替媽媽還以前欠人的錢，像買豬肉賒帳四十元，她就託人送四百元給這個攤商；買水果欠三十元，她還三千元，但其子女只收了一千元。

唯一的遺憾是，常瞞著家人拿米賣給媽媽的阿婆，她隔窗咳嗽時，我們就知道阿婆有米要賣了。姊姊說她有時收錢，有時沒收錢。可惜後來搬家已失去聯絡了，阿婆的恩情只能來生再回報了！

大姊只會騎單車，做代書後，去宜蘭的相關機構辦事，她都坐著鄰居家開的計程車來回；同時也用這樣的方式，坐計程車去宜蘭讀夜校，三年風雨無阻，終於完成了她未竟的初（國）中學歷，填補了心中的遺憾。

夜校老師會虧她來讀書一定是沾醬油式的，沒想到她竟來眞的，沒缺過席，漂亮的硬筆字更讓她打敗前兩屆的冠軍，穩坐、蟬聯了三連霸。

大姊做事有條不紊，穿著整齊，第二天要穿的衣服，必定整齊的壓在棉被底下以待平整，但常被愛玩、愛漂亮的二姊偷穿去上班或約會。

大姊是我們家最有藝術天分的，自學吹笛、敲揚琴，愛收集報章雜誌圖案，再以其爲描摹素畫的藍本。印象中她畫過的花卉林鳥，惟肖惟妙，掛上土磚牆後，我們家彷彿也是有氣質的藝術人家。

她用鉛筆畫雞的畫作最受家人及朋友喜愛，前後畫過將近二十幅，我提議來開個小畫展，她說作品都在朋友家，自己一幅也沒有留。

二〇〇四年，她已經六十歲了，爲因應小學音樂老師想成立歌仔戲社團的願望，她義不容辭地扛起籌備、登記、發展歌仔戲社團等事務，繼而擔任了六年婦女會理事長、三年歌仔戲社團理事長，演了八齣戲，擔任了八個不同的丑角。

我們全家都愛看、愛聽歌仔戲，只是沒想到六、七十幾歲的大姊會粉墨登場，如果媽媽地下有知，一定也想軋一角過過戲癮吧！

唯一看過姊姊傷心難過的那次，是大姊的男朋友娶了別人。因爲媽媽認爲姊姊個子小，男朋友身高一百七十公分以上，兩人身高相差太多不好看，擔心會不幸福，不支持他們來往。

從此，大姊不婚不嫁，她把一生的青春都給了這個家！

看我讀書，她付學費，好像她也在讀書；看我結婚，好像她也結婚的幫我帶小孩；看二姊結婚，好像她也結婚的常跑妹妹家一起做家事；看哥哥結婚，子女工作不順遂，竟又慈悲的替他揹起照顧其子女的重擔。

媽媽在生的時候，要爲生活又要張羅祖先忌日的拜拜，忙得焦頭爛額。

大姊總是批評說：「祖先忌日太多了，要改一改，我絕不繼承此風俗，絕不自找麻煩。」

可是啊，可是！媽媽往生後，大姊祭拜祖先拜得更虔誠，準備得更豐盛；就連大哥去世快三年，清明節掃墓的祭品，她都代其子女周全豐盛的準備，再交由姪兒去掃墓。

大姊的人生像無花果般，無緣開出清雅、美麗的花朵來吸引蝴蝶、蜜蜂，卻一輩子爲家人、爲社會結出纍纍的甜蜜果實！

茉莉花

二姊是我們家最漂亮、最愛漂亮、家事做得最少、學業成績最不好的小孩。

印象中，她不曾和大姊、我一樣，要上山撿木柴、要到溪邊洗衣服、要走村莊收鴨毛。她喜歡穿著整齊、好看，再配上雙山大露（涼鞋）的打扮。看她那出色的模樣，別人會以爲我們家境不錯，哪知道，當有位阿姨坐著三輪車要來收養我時，她竟然第一個衝上去說：「就我啦，我想去！」她以為，當養女，能吃好、穿好、生活好。

二姊國小畢業，去大姊老師家裡帶小孩，做了兩年的幫傭，之後的三年，她在小診所學護理、在戲院當收票員、在服務站當工友。我國小六年級時，她因前任工友結婚，而有機會來學校當工友，開始幫我繳起學費、補習費了！她穿著洋裝、梳著一條辮子或綁著兩條辮子，十六歲青春、秀麗的模樣連照相館都放著她的照片來招攬生意，所以她走在校園或小鎮上，總會引人注目與喜歡，連我都知道學校裡幾位年輕的老師在追她，約她郊遊、看電影。

二姊工友的工作不少：整理校長室、為辦公室每位老師倒茶水、送國語日報到各班、印考卷、送公文等，尤其寒暑假要送公文、信件到校長家。但是工作之餘，她會在保健室旁的風琴室學彈風琴，校長居然願意撥空指導她。不久，她會自我彈唱當時的流行歌曲如〈玫瑰良緣〉、〈回想曲〉等，甚至我在準備參加全縣歌詠比賽時，她也會為我伴奏練習。

二姊青春、美麗的身影撥動著我們小鎮年輕人的心，剛退伍的姊夫，透過鄉公所同事——我哥哥直接插隊來提親。媽媽想：

「這個年輕人，家裡只有養父，必定單純，自己的女兒只有國小畢業又老實，如果嫁給學歷高的老師未必適合和幸福。」

就這樣，在哥哥掛保證下，十九歲的二姊結婚了！

嫁過去了，才發現姊夫家的房子像四合院般大，做家事的卻只有姊夫一個人，這下子，這個重擔竟然要落在我們眼裡「笨拙、溫吞」的二姊身上了！親家會是村長，是間規模不小木材行的老闆，本屬意同行家的女兒來當媳婦，沒想到兒子竟然娶進來個安靜、沒見過什麼世面、窮人家的女孩。媽媽擔心二姊不會做家事，得不到親家的疼愛，每星期六日總是催著我們三姊妹到二姊家幫忙洗衣服、擦窗戶，剁豬菜等，啊！母女連心，即使嫁出去了，也一樣不放心。啊！母女連心，二姊知道只有自己強壯起來，媽媽、姊妹們才會放心！

生下大女兒四個月後，二姊隨著姊夫來到小鎮街上做起柑仔店的生意。她的數學成績向來不好，我們都擔心她怎麼做生意。還好姊夫是商校出身，帳務他自己處理，二姊就靠著計算機勉強應付小雜貨店的算計。沒錯，剛開始，客人不耐煩她的慢動作，懷疑她的可信度，但是，二姊誠篤謙卑、不計較吃虧、溫柔的態度，和姊夫一句話服務到家做生意的品質，很快的在小鎮上樹立口碑，泉源商行成爲小鎮家庭的生活店、是茶餘飯後話家常的好所在！

小鎮的柑仔店幾乎是二十四小時隨叫隨到的宅急便，溫泉街飯店、住家婚喪喜慶電話一通來，姊夫立馬送貨去；二姊守、站顧著店，一斤半斤稱著砂糖或紅豆，一瓶一瓶賣著飲料、酒等雜貨，卽使是懷孕挺著大肚子，都靠著毅力、吃苦的賺著一塊錢、二塊錢等零頭累積的盈利。

二姊生產小兒子時，面臨醫生接生不當，血崩而有生命危險，小兒子更是從此成為肢體殘障的人，他們沒有憤慨的向醫生討公道要理賠，只是平靜的接受所謂的命運，盡全心的陪失去右手力量與平衡的小兒子面對病痛和人生。皇天不負苦心人，如今小兒子也走出一條自己的路。兩年前，他離開了十幾年音樂節目DJ的工作，回到故鄉、回到當初父母創業的柑仔店，開了家充滿溫泉風情的咖啡店，現在，這裡又成為年輕人喜歡來的人情味好店！

二姊不是個天資聰穎的人，學新事物很慢，但是毅力驚人，他可以幾十年都不放棄一件事，例如跳土風舞跳到現在，例如學游泳學到現在。少女時她隨朋友到武荖坑玩水，五峰旗泡水，到年紀大時在家裡拿著臉盆悶水，就是要學會換氣，要把年輕時不會的游泳學會，現在，她已可以自在的享受玩水的樂趣了。二姊執著、土法煉鋼的精神大大激勵了我，我也不服輸的努力效法、終於在新學校設立時，克服水性，學會了游泳，讓我在新學校的親水活動上終展泳姿！

小時候活潑、亮麗，喜歡社群的二姊，青春年華時被迫的收起玩心，接受了相親似的婚姻，認分的過起只有先生、孩子，沒有社交娛樂的生活。而隨著孩子成家立業，姊夫收起柑仔店後，二姊才又加入社交圈，熱情愉悅的再跳起土風舞，或在大街上表演或遠征其他縣市比賽。

家鄉的溫泉節又到了，二姊隨社團在溫泉街款款擺舞，她的氣質如茉莉花般，清純素潔、香氛堅貞；她的人生既傳統又現代，平凡可愛也幸福！

漂丿的人

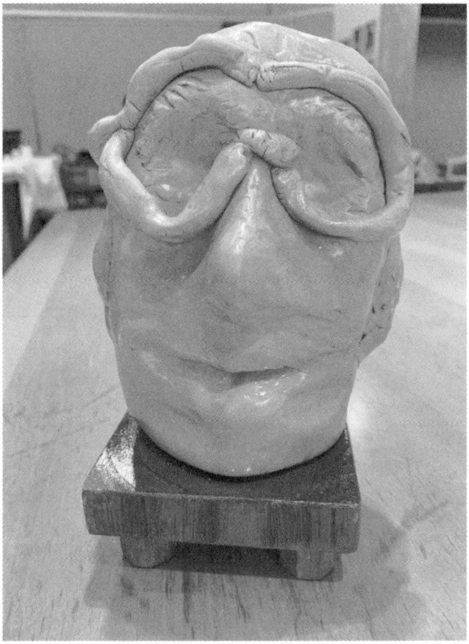

先生第一次到我家，穿著紅色的毛衣，加上率性的肢體表情，姐姐說：

「他很像七脫人」。

我第一次到婆家，遇見小叔，他小聲的問我：

「我哥哥像流氓，妳是老師，怎麼會想嫁給他？」

他們想告訴我什麼？

先生不可靠嗎？還是我的眼光有問題呢？

的確，我們兩手空空就結婚，訂婚的喜餅錢還是跟先生的同學借，四個月後，我第一次領薪水才還錢。

先生前後在兩個高職學校，加起來只有一年。學校重視普通高中，他們早晚不需要做整潔活動，高職的孩子負責打掃整個區域，學生掃不勝掃；尤其地上菸蒂特多，學生抱怨連連。

他跟這些大孩子說：

「沒有人丟垃圾，就不用撿垃圾，如果有人隨地丟垃圾、菸蒂，就叫他原地罰站。」

到底是因爲高職大孩子的個子高、彪，還是罰站方法有效，垃圾眞的減少了！

學校實施教室前花圃綠美化比賽，很多班級花錢買草花來種，他們班花圃的小石頭很多，先生教大孩子種地瓜葉來應景，並且約定：「不想上課的人，就去撿小石頭。」

很快的，花圃沒有石頭了，地瓜葉長得強壯又茂盛，學期末，其他班的花草枯死了，只有先生班級開心的收成地瓜，並到客雅溪畔的小山丘上烤地瓜野餐。

先生的學生，最遠的從宜蘭來，他還特別到壯圍去做家庭訪問，還跟他的父母成了好朋友一直到現在；每回我們去拜訪，他們一定殺自己養的雞，準備豐盛的宜蘭菜請客，再把自製的醬油、自製的醃瓜、自種的芋頭等大包小包的要我們帶回家。

他教高三電學，班上有一位學生連九九乘法都不會，先生跟他約定：期末考時，如果他能寫出九九乘法，就讓他過關。

那位學生也就以此為努力學習的目標，期末考，先生真的出了一張九九乘法的試卷給那個大孩子考。

就這樣，那個大孩子過關，畢業了。

實施個別化的教學與試卷，沒想到讀台北工專的先生竟然懂得，他是不是想起了自己高工二年級發生的境遇？

高二時，先生的英文成績不及格，需要補考，補考如果沒過就要留級；他怕留級會惹媽媽生氣、難過，他不想再聽媽媽說：

「義謙啊，你是沒有爸爸的人，不讀書，你要怎麼辦？」

他直率的去拜託英文老師高抬貴手，讓他補考能過關不要被留級；但是英文老師卻跟學校說先生恐嚇她，最後先生直接被退學，連留級也免了！

十七歲，命運帶先生提早走入職場，在中興電工做一天只有十七塊錢的電工；因同工不同酬的刺激才再奮起的半工半讀完成高職學歷，還考上台北工專。

先生去高職教書時，每天騎著高工同學借他的老爺腳踏車，從新竹騎到新豐，口袋只有一百塊！

家裡太需要錢了，下課後，先生得去兼差：賣電器、賣清潔劑、推銷保險、賣他可能拿到的無本物品；晚上，又去夜校、補習班兼課，後來自己成立一家無本的、沒有店面的一人商行。

高職鬆散的步調，過長的寒暑假和急於改善家裡經濟等因素，先生辭職到台北電梯公司上班，開始過著一個星期工作七天，借住朋友家，一個月才回家的日子。

我抱怨先生丟下我這個閩南媳婦和客家婆婆相處的煎熬，但多年後想想，他一個人在外地工作的辛苦和寂寞，何嘗是我這個在家又單純的教書人所能想像？

先生到東亞日光燈上班時期，負責特別燈泡的研發和製造，公司鼓勵員工提改善方案，他每個月都會提一到三個方案，但都交給同仁去發表。

沒想到公司據此發獎金，並將發表行爲列爲年底考績，同仁們都拿到獎金和甲等年底考績，而先生只拿到一般的考績。問他爲什麼不澄清，他說工作能一起做好就好，其它就不計較了！

四年後，同學邀先生去創業作電阻，正當生產順利時，這位同學卻意外發生車禍往生了！

先生接著響應「客廳卽工廠」的家庭工廠政策，在家裡做起可放在手錶裡的迷你燈泡，人手不夠時，我下班後也加入趕工行列，學習用顯微鏡黏扣鎢絲。

聽機器戚戚掐掐不間斷的聲音，是我們那時生活的日常，卻位先生賺進了第一桶金。有了資金的挹注，他轉進新興的電腦行業了！

同時期，先生的工專同學生產電腦顯示器行銷國外，生產線多條，市場膨脹得太快了，資金一時週轉不靈，商請先生替他背書，幫助他向銀行貸款，並協助在中國生產。

誰知道，顯示器生產成功的慶功宴上，這位同學竟然腦溢血突然過世，先生因此爲他背上了四千多萬元的債務，每個月需償還銀行三十萬元利息的壓力，迫使先生又得重出江湖出外兼臨時工。這次，遠赴中國！

先生向X安電腦毛遂自薦去中國開發市場，一個人帶著電腦，簡單行李及一顆積極、冒險的心去勇闖、去長征了！

前後一年多的時間，先生從最北的哈爾濱開始，到最南的海南島結束；除五個邊疆省分沒去外，他去了中國三十個省，選擇在這些省會大學附近的大學街推銷電腦和電腦連接器。

電腦和電腦連接器在當時是新興的產品，所以頗受各大學生和店家的興趣和採購，這南征北討的行銷，居然把X安電腦的庫存次級品都賣光了！

先生這一年多提著行李，走在各省的大學街，晚上住在大學宿舍，除了簡單梳洗外，僅穿著露在腰褲外的白襯衫，頂著很久沒理的捲長頭髮，一身流氣的打扮，走在那些治安不好的地方時，他大膽誑別人自己身上有帶槍，別人竟也都信以爲眞呢！

兼差打臨工所賺的錢，當然無法解決銀行還債與住家可能要被抵押的壓力，先生必須再次伸長身體的五感觸鬚，到處去尋找東山再起的契機。

啊！皇天不負苦心人，在與友朋聊天請益中，先生聽到了一個未被實現，未做成產品的構想，就再次燃起鬥志，積極尋找能做出這項新產品的相關人才。

爲尋找這樣的人才，爲解決他的問題，先生可以花時間守候再守候，守候在停車場、在工廠、在車上，在白天、在夜晚，甚至通霄到天亮。

先生一人中心式的串聯各外部兼差的軟硬體人才，終於開發出具有競爭力的新產品，公司也逐漸招募更多人才，擴增規模，兩年內先生把債務還清了，銀行經理一再好奇的問：

「你是做了什麼新行業，賺錢這麼快？」

想起銀行人員的嘴臉，前後變化多大啊！你有錢時是大爺，不僅貸款金額多，利率也主動調低；相反的，你缺錢向銀行貸款時卻大大刁難，利息利率又高。

先生氣他們只有錦上添花的勢利眼，曾一度拿斧頭去談判威嚇，銀行人員這才改變姿態的調降利率！

啊，原來利息利率不是銀行人員說了算，借貸雙方是可以談的！

先生從電腦業走入設備檢測業，再走太陽能、半導體產業了。

當產品受到市場肯定時，就面臨大公司以專利申請、限制與維護來欺壓，他們企圖消滅有威脅的小公司。

他們不惜花錢請赫赫有名的大律師來圍剿，他們懂得以各種名目指控，而先生自認產品乃自己研發，有爭議的只是其中的一個零件設計，不在意、不專注、不積極的打這件官司。六年後，二審的年輕法官直接判先生公司侵權，須賠對方整台設備的損失，共計一億元。

事後，先生嘲諷自己說：

「早知道要白白送錢給人家用，不如自己買部賓利、勞斯萊斯來開比較實在！」

不曾向我訴說心中的痛和難的先生，幾天後，平常四點左右就起床，那天竟賴床了！

七點、八點、九點，我屢叫不應，屢催不起，不吃不喝雙眼緊閉，我撬開先生的嘴餵他一點水，按摩、揉搓、拉他的手腳等，我無助的眼淚伴和著我的安慰話語，但他的臉依然僵硬沒表情。

近午時刻，我忍不住了，半背、半拖著先生，終於把他帶到樓下了！只消沉了一天，第二天，先生再次振作起來，沒被大公司消滅，小公司重新改組，重新整隊出發！

是不是長年燒腦過度，兩年前，先生腦幹上長了淋巴癌，生命頓時受到嚴峻的威脅，腦神經受創影響了他的自主行動和短暫記憶，但他仍不怨天尤人的自認：人生已了無遺憾，心裡也做了相當的準備，還開朗的和所有認識的朋友拍照一一話別。

先生是七脫人嗎？

他來自單親家庭，是母親含辛茹苦拉拔長大的，哪有本錢瀟灑、七脫？是流氓嗎？

先生十七歲起就爲抗貧、脫貧像陀螺般轉動人生，卽時如此，待人處事仍堅持有情有義的大丈夫本色！

先生是我心目中的巨人！

是個「盡心、盡力、盡志、盡情、盡性」的漂丿人
過去，他以這樣的性格與氣質，交友、創業和經營家庭，
現在要再次轉進，來面對他的餘生！
是的，能活著就好好的、感恩的過每一天：其他的，就全交給老天爺吧！

移動

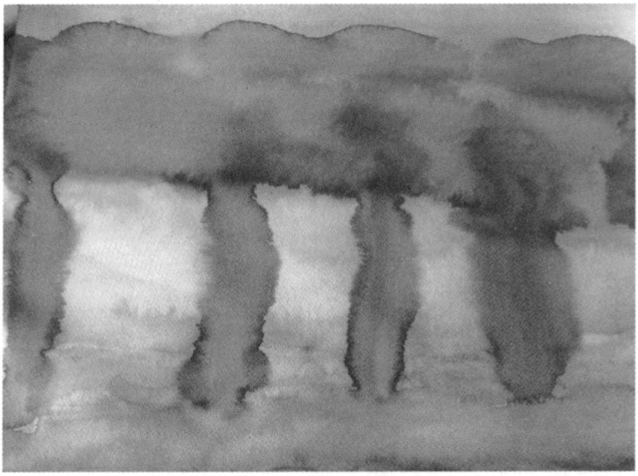

疫情嚴重後出外不方便，想著家裡有還算寬敞的客廳，有院子可給先生做復健式的移動，有安靜的綠境社區巷路，給我在黃昏時刻做健走移動。

眞是慶幸與感恩！

尤其在需要日常用品，或想出門透透氣時，我可以不依靠子女的以車子移動，有著寬心和小確幸！

如果不是那場騎車被

撞的車禍，我會需要去學習開車嗎？沒有了當時的誘因，我現在怎能自由、自主、更長距離的移動呢？

非常可能不會，不需要吧！因爲學校在市區，騎車比開車方便，而那場車禍，鎖骨被撞斷，住院及復健足足有六個月，先生在台北工作覺得我需要有層鐵殼來保護。也不管我還沒有學開車，就買了部手排的迷你car車放在車行，自以爲是的叫我去開回來。

逼不得已，我只好去報名清晨最早班的駕駛訓練班，但是教練說我是中途插隊，他無法教我，叫我自己練習。蛤，年輕教練居然端架子想讓我知難而退，沒想到遇到我這偏不屈服的個性，就自己在汽車教練場打轉的自學。

沒想到引來看不下去的路人，就過來指指點點：

「你這樣不行啦，倒車入庫，你要右轉X圈，左轉X圈。」就這樣，我自己加上路人甲、乙、丙，終於混過了汽車駕訓，準備去考試了。

路考前夕，有位家長在監理所服務，建議我在下班有空檔的時段，先在監理所考場模擬試開。

考試當天，當我跟教練說我的筆試滿分時，他笑笑說：

「別高興，你今天路考一定不會過，通常，女生筆試滿分，同一天的路考一定不會過，你準備考第二次吧！」蛤，什麼邏輯？

沒想到，我的家長當天是路考官，他要我安心的等到最後考，果然我的路考由他和另一位以嚴厲、挑剔出名的路考官來擔任。

他向同事說：

「這是我孩子的導師，超級認眞用心，從來沒有一位老師來我家做家庭訪問，只有她來。」

他的同事回說：「放心，我們不會爲難認眞的老師。」

在這樣的天時地利人和中，我通過路考了！

領到駕照一個星期後，我硬著頭皮去車行牽車，從車行出來開著當時還不常見的迷你car車，一路上打著一檔，閃著黃色警示燈，開在路肩，走走停停的回學校；路人的側目是因爲車子，還是我的開車技術？總之，尷尬極了！

不久，開車在市區移動漸漸地成爲自然，只是還不敢上高速公路。

我不敢想像在高速公路中，我笨手笨腳的換檔、換車道的模樣與緊張。

不能總在路肩開車吧！萬一撞上窄窄的收費站怎麼辦？

但是後來媽媽生病了，先生要工作，無法開車載我回宜蘭，我只好又硬著頭皮獨自開車上高速公路了！

先生告訴我：「你可以的，只要保持開在內車道，不要換車道，別人要超車隨他去。」

爲了見媽媽，我終於勇敢的開上高速公路了！

一路上都開在內車道，任由別人超車或不耐煩地按喇叭。

也終於親眼看見收費站並不狹窄，車子經過還綽綽有餘呢！

所謂「一回生，二回熟」，我已習慣開車回宜蘭了；有時走北宜公路，有時走濱海公路，當然已經會看車況變換車道了！

因爲這兩條路，砂石車很多，如果死守一車道，不是挨到天黑了才開到宜蘭，就是沿路被砂石車追，催趕的喇叭按得你幾乎要耳聾。

以前，出門都是技術較好的先生開車，我在車上說說話或打瞌睡，沒想到那回，回新竹的北宜坪林路段，先生疲倦，不自覺得開到對向的車道，直直地撞上路邊的水泥護欄才停住。

我的睡神嚇跑了，我果敢的，第一次跟先生說：

「換我來開，你休息吧！」

還好，對向沒有來車，否則……

還好，路邊有護欄，否則……

還好，我會開車，否則……

想起，沒有車子，一手抱著小孩，一手拿著行李回娘家的窘境，那時，擠在像沙丁魚群的北迴火車上，還好會遇上好心人，幫忙拿行李佔位子；先生感嘆又抱歉的說：「我一定要努力，不再讓妳擠車受罪、受苦。」

是的，幾年後不再擠車回娘家了，算一算他已送了六種車款的車讓我上下班或自由移動了；我開著迷你car車上太平山，開著綠色金龜車去深坑的菁桐國小，開著敞篷的金龜車、BMW車去新學校。先生對我承諾有鐵殼保護的誓言不僅沒變，還多了換學校就幫我換新車的疼愛！

兩年前先生生病了，我能開車載他去醫院，載他回宜蘭，載他去槑齋參觀88尊佛，載他去藤坪看油桐花、喝下午茶，去小山屋夜賞螢火蟲，都要我擁有開車自由移動的恩典！

我想，命運早就爲我安排了考驗，還好，我看得見、聽得懂、做得到，我才能享有：想動就動的「自由、自主、安全，有能力的移動！」

找——

我現在過著「找」的生活，雖然辛苦，想來也饒有意思，饒有意義。

兩年前先生剛發病時，整天頭暈和打嗝，我們「找」了不少耳喉鼻科醫師，吃了不同醫師開的藥，試了他們教的矯正方法，但就是「找」不到病源；好不容易「找」到對的醫生，才發現是腦幹長腫瘤！

誰能、誰敢在這危險腦

區開刀呢？

我們全家和親朋好友就分頭四處去「找」人打聽了！

兒子一下子去台中慈濟醫院，下午又殺到宜蘭博愛醫院；好朋友、好同事、好學生、好親友陸陸續續提供、建議好醫師名單，最後終於「找」到台北榮總技高膽大的許醫師。

去年八月回家復健休養，爲讓先生能重新坐起來、站起來，又開始「找」有經驗，又能到家幫忙的復健師、物理治療師。

有位復健師直接跟我說，像先生這樣的case不可能再站起來，不如快快訓練先生使用電動輪椅，比較直接省力。

多令人喪氣的話啊！

相信神經能再生，能再活化，不死心的我，又繼續「找」著能契合、有幫助的復建師和物理治療師。

啊！陽光下沒有新鮮事，只是我們不知道而已，好朋友相繼介紹了兩位目前的復建師和物理治療師。

近半年的教導、陪伴和訓練，先生和我的肌力、肌耐力逐漸增強，先生在攙扶下也較能平穩的站和走了，我因照顧他而受傷的背和腰也不再爲疼痛而困擾了！

但，復建師和物理治療師指導和提示只是引導要增加肌肉強度，爲避免不用則廢的現實，我必須另外「找」自我訓練的時機，我發現了幾個時機點：

「1.起床後走到客廳的時機　2.午餐前的空檔時機；
3.上小號站立的時機　4.午睡起床走到客廳的時機；
5.下午洗澡前的空檔時機　6.晚上孫子們都回他們家的時機。」

繞客廳長桌，一趟八十六步，一次走五到六趟，一天六個時機，一天大概可走兩千五百八十步，如果再加上假日走門前巷路，一天就可能超過三千步了。

我自己也在這樣陪伴的空檔，「找」時機活化自己的身與心，「找」上洗手間的時間讀日語，「找」先生看手機的時間練鋼琴，「找」先生洗澡的時間去社區健走，「找」先生午睡時去添購日常用品。

前陣子，孫子就讀的實驗學校發生狀況，老師罷課、學校停課，他有近兩個星期的時間只能在圖書館自學，怎麼辦？與其坐等學校耗時，被動的處理問題，不如自己積極的去「找」學校。

我一定做了些好事，所以教育界的好夥伴們，很快地幫我們找到可以接納的學校，孫子從體制外學校要走回體制內學校，的確辛苦，尤其他在人際互動上向來有困難，現在一去新學校又碰巧遇上段考，他說他得用一個星期的時間讀人家已經讀了兩個月的教科書，啊！真難爲他！

但是能找到有所依恃的學習與成長環境，有伴不孤單，有正向、健康的青少年社群，對孫子的現在和未來是非常重要的。

我退休和先生生病前，過著規律被安排的行事和主題的日子，而現在在沉靜緩慢的生活步調中，日子要如何過得去，甚至有樂趣，有意義呢？

「找」這個字，「找」這件事，就變得有意思，有學問，有心得了！這些找的發想，找的歷程，找的結果，都讓我有存在的幸福感；例如：

「在找的發想中，我察覺我遇到的問題或困難是什麼？在找的歷程中，我思考、審視我可能獲得的資源是什麼？他、它們在哪裡？我該如何整合爲新的需要型態而運用？」

而找的結果，如先生的身體感受力增強了，我日語的單字記得更多了，它們都激勵，撫慰、證明了「一勤天下無難事」、「一萬小時練習」眞的有意想不到的結果！

陪病的日子無聊、無趣嗎？

近七百多個日子裡，「找」的發想已成爲我的自然反應，「找」的歷程是一趟或知性或感性的探索體驗，「找」的結果已經化爲每日前進努力的座標，所以，陪病的日子不全然無聊和無趣，這些都是珍貴的滋養，讓我不再害怕，不再無望了，我相信我們的善緣永在，「找」健康「找」幸福的功力、活力、魅力，一定如活水般源源而來！

我所認識的碧霞校長

逆光而行、逆風飛翔的教育勇者

新竹市關埔國小校長 陳思玎

和碧霞校長相遇於一九九七年四月龍山國小的校園裡，那一年她接到新竹市政府請她擔任新設陽光國小籌備處校長的任命，於是前來詢問我是否有意願作爲新設學校的主任，與她共同擔負起新建學校的工作。當時的我很年輕，對教育充滿了夢幻的憧憬，於是與她一起走進了創建新學校的艱難旅程。年齡相較20歲的我們，差異不小，她對教育的深思熟慮常映照出我的輕率不拘；她對校舍工程的謹慎踏實常對比出我的眼高手低；我總喜歡把話說在前頭，說得很理想很高遠卻不一定做得到，而她總是做多少事說多少話，不說大話卻認眞做事。若說，我們有甚麼相似之處，我想是相近的身形，還有對教育的狂熱吧！

共事之初，碧霞校長不常說自己，對她生命的軌跡我一無所知，只感受到她對教育常有獨特的眼光與堅持不懈的態度，例如陽光國小當年爲了保留校地內的三合院受到了外界諸多的質疑，甚至連原屋主對於學校要保留他們世代居住的老房子都不領情。但面對衆聲喧嘩、輿論沸騰，校長仍不爲所動，還頻頻跟他人說三合院是老天爺送給陽光的禮物，是這所新學校歲月的印痕，讓校園中的人可以感受到這塊土地生生不息的生命力，是莫大的祝福啊！因著她的堅持，最終三合院保留下來了，同時屋後的一大片竹林和屋旁的土地公廟也一併保留了，不僅成爲校園環境最大的特色，同時也宣告了陽光是一所天地人共好的新學校！

或因年齡的差距與生命經驗的差異，年輕的我們跟著碧霞校長創建新學校，其實很難體會與分擔她的辛苦和承擔，許多的重擔她總是一肩扛起。記得當時若有外部的人干涉了校務發展的教育專業性，即使得面對龐大的人情壓力或需要衝撞體制，她總是選擇不妥協而奮戰到底。當時的我似懂非懂，還經常對她不從衆、特立獨行、不怕麻煩的行徑感到憂心。在我的生命經驗中，「妥協」遠比「堅持」來的容易，而「順從」也遠比「反抗」來的安全。讓我不解的是，在威權中長大、在戒嚴中工作多年的她，那分對理想的堅持與對宰制力量全力反抗之勇氣從何處而來？後來，藉由陽光老師們輪流說生命故事的機會，聽她說起年幼的自己，常在家裡經濟捉襟見肘的時候，按捺住巨大的恐懼，穿過幽暗黝黑的樹林去雜貨店賒賬買米的爲難和難爲；也聽她說著自己成爲老師之後，看見學校不再是教育之所，不僅喪失了教育的本質與價值，更淪爲威權政治的戲台，對此痛心疾首的她選擇挺身而踏出舒適圈，突破了重重的困難成爲校長的經歷，因而期許自己可以爲教育帶來清新的空氣和自由的風氣！聽她說著與貧窮奮戰的童年，與威權對抗的教師生涯，還有突破重圍、披荊斬棘的教育故事，這些娓娓道來的生命故事，讓我好像多懂了碧霞校長一些，原來不從衆、勇於做自己、遭遇逆境奮力找出路的勇氣，是靠著生命中一連串的不順遂、不如意、不如願而鍛鍊生成的；如同前些日子公共電視和客委會共同製作了一部叫好也叫座的戲劇《茶金》，碧霞校長的生命故事如其廣告詞所言：「正是傷口讓你和別人不同：在動盪不安的時代，走出自己的芬芳之路，茶跟人一樣，傷口可以讓人脆弱，也可以使人堅強，正是傷口讓你和別人不同。」

陽光國小於民國九十年正式招生，正逢九年一貫課程的推動，學校本位的課程發展是九年一貫教改的重點，對一所新學校、新團隊而言，教師專業發展和創新課程教學對領導人而言是極大的考驗。碧霞校長求學及擔任教師的年代，學校教育處於一個較爲封閉威權的時代，不談學校主體性的定位，也不鼓勵教師們透過專業對話發展課程，依照人學習及做事的習慣來說，她的領導風格應該會趨向由上而下的傳統作爲，但當時作爲學校領導人的她，面對課程研發或教學創新工作，總是身先士卒。記得，當時爲了發展學校的特色課程，教師團隊定期聚在一起討論，擔任過省輔導團員有著豐富教學經驗的她，總是靜靜的聽著年輕沒經驗的我們七嘴八舌、天馬行空的談論著課程方案，她很少批評也不以指導者自居而干預大家的想法，總是鼓勵著老師們試試看、勇於行動不要害怕犯錯。也因在這樣鼓勵創新、支持改變的組織氛圍下，陽光國小發展出許多創新的課程與活動，當時不僅獲得教育創新的獎項，還常常登上媒體報導的版面。領導學專家John Maxwell曾說過：「偉大的領導者會找到凝聚大家的方法，並協助所有人發揮潛能。」我想碧霞校長，用她安靜的聆聽和對夥伴全然的相信，體現了偉大領導者的法則。

退休後的碧霞校長，依舊心繫著教育事務，並透過臉書分享她教育生涯中的經典故事，後來因爲很多朋友的鼓吹而決定集結成書，這些由她訴說的故事，不只是記錄著個人生命歷程的小敍事，同時也映照出鑲嵌著個人故事於其中的時代結構之大敍事。知道一向用深情看待人間事，用眞情對待身邊人的碧霞校長願意敍說自己的生命故事，絕不是用來說委屈或論是非，而是藉由這些以不同時代的光影爲背景，順著生命之流而創發的生命故事，讓我們看見不同時代與時期的教育實踐，卻有著共同的基調：教育理念的落實不是追逐著虛幻的夢想而行；教育的變革也絕不是喊著理想的口號前進；而是一次又一次的跌入深淵，或許會受傷、會心痛、會挫折，但是，選擇勇敢面對不放棄，在黑暗中依然看的見光之所在，在絕望無助中依舊帶著愛與希望前行，就會感受到伴隨這些苦痛與磨難而來的喜悅和豐盛！如同《最後一次相遇我們只談喜悅》這本書所言：「美好事物的到來，總會伴隨一定的痛苦、一定的挫折、一定的磨難。這是萬物的道理，也是宇宙成立的法則。」這珍貴無比的哲理，是碧霞校長用親身經歷寫成的故事送給我的生命禮物，也期待閱讀這本書的所有朋友們都可以收到這份珍貴的生命禮物！

這位女士很前衛

新竹市陽光國小 退休主任尤序宜

前衛——我指的是思想很前衛——

前衛，是勇於堅持做對的事，並承擔隨之而至的冷嘲熱諷和不友善對待。

前衛，是敢於挑戰威權、無懼恫嚇或訕笑、突破傳統桎梏與束縛。

前衛，是在任何困難面前從不服輸、從未放棄。

前衛，是願意接受同事犀利的言詞，容納歧異與不同，只爲追求眞理。

前衛，並不因爲年齡，也不在於得過的獎項，而是視野與氣度、風骨與擔當，才足以贏得衆人眞心的敬仰和佩服。

作爲一位小學校長，碧霞女士這二、三十年來的作爲與展現的特質，對比當今的教育現場，仍是引領潮流，「站在時代尖端而富啟發與革新性」，是一種極致的珍貴。

回想陽光國小初成立，校慶時來祝賀的嘉賓雲集，但對於前來的政治人物，工作人員會請他們脫下競選背心才能進入校門；儀式進行中，也沒有安排政治人物上台致辭。老師們的思考很單純：慶典是孩子與學校的事，而「政治不進入校園」，本就是大家心頭上都認同的原則。碧霞校長默許著，並以身作則這個舉措，想當然得罪許多人，間接導致陽光設校前幾年，時常面臨得不到經費挹注的窘境。

二十多年前，小學校園景觀多半呈現一致的面貌：灰色的水泥建築棟距整齊，廁所在建築物的兩端，橢圓形的跑道環繞，司令台矗立在操場中央。這麼單調無趣的樣貌，往往是因爲決定建築型式的人，只有校長、建築師與總務主任。但碧霞校長把設計規劃的決策權開放出來，邀請關心學校教育的老師、教授、專家學者、社區居民，一起來談論：我們想要一個什麼樣的學校？這樣的談論進行了兩年，形塑了現今陽光國小與衆不同的校園景致。

硬體齊備後，校園中的事務決策延續了「參與式」的概念，碧霞校長再一次把決策的權力開放出來——對於校園中的事務，生活在其中的大人和小孩，都可以表達自己的想法。當衆人意見紛陳、論述不一時，大家便有志一同的返回教育的核心，那個我們所共同相信的價值標準：「校園裡所有的事務都要以合乎教育本質的方式解決。」重新以教育的目光審視、思辨，梳理脈絡，最終總能達成共識。

陽光的經典故事中，最扣人心弦的是：不捨孩子淋到一滴雨的「雨傘隧道」，那是碧霞的深情大愛，眞心誠意的以孩子爲中心的教育情懷，深入骨肉的誠懇力量。直到現在，她心心念念的仍是孩子，孩子得到了好的照顧嗎？獲得了什麼啟發？意義與可能性在哪裡？

退休許多年，她的課程觀仍是精準得不得了，往往一針見血，我們知道，她的眼睛裡、她的教育觀裡，充滿著孩子。如今我也退休了，回首來時路，思忖人生遭逢所爲何來，得以謹記或者輕言失去的是什麼？

又看見碧霞的身影，鶼鰈情深的照顧陳大哥，爲了帶他出國不遺餘力的學習日文，眸光溫柔又堅強，內在力量飽滿而堅韌。

如果生命是一件作品，碧霞必是一枝義無反顧的筆，投入所愛與信奉，熱誠專注，凝神書寫一篇生命的鉅作，那是理想的姿態，歲月的光澤。

沒錯，這位女士很前衛，言人所不敢言，行人所不敢行。她是我心目中永遠的校長。

愛與勇氣

新竹市民富國小老師 曾慶台

和碧霞校長從教育上的夥伴，到成爲相知相惜的好友，至今，已有十五、六個年頭了。

第一次遇見碧霞校長，是在教室外的走廊上。那時的我，是個六年級的級任老師。她親切的與我寒暄，聊聊我的處境，以及對學校的一些想法。氣質高雅、有見地，是我對她的第一印象。

之後，在一連串的對話

與共事中，碧霞校長帶給我的，是一個又一個令人深省的故事。

教育的愛

像是校園中庭裡，有著兩排共七棵蓊鬱的肯氏蒲桃，筆直的外型，有些奇特。會長成這樣，是因爲有幾次由於這些樹太會落果了，造成打掃班級的困擾，老師們建議可不可以修剪一番來減少果子的數量，結果工友叔叔就把它們給剃了個大光頭。它們恢復生機是如此的迅速，眼前，又是結實纍纍的光景。於是，又有人建議乾脆就把它們給砍了，一勞永逸。結果呢？

我跟老師、孩子一樣，從不認識肯氏蒲桃樹到採果，煮出老樹特調、煮果醬；學生阿公用果醬做蛋黃酥……最後我們搭起了樹屋，讓樹和人都成為校園裡美麗的風景！

（落葉落果很難掃，砍了它好不好？）

讓老樹成爲師生接納、珍惜、懷念的校園一分子，我見證了這段歷史。

我看見碧霞校長對鄉土的愛。

我常覺得，校園不該只是優秀學生的舞台，那些平凡的，甚至是許多大人眼中不受教的，也應該擁有眾人的掌聲才是。這樣的想法，在碧霞校長那兒得到了共鳴。她不是坐而言，而是身體力行。「圓夢達人」活動的推動，卽是一個明顯的例子。印象中，這是一個不論出身高低，不管成績優劣，只要是具有夢想、能用心規劃執行，願意長時間有恆心有毅力投入，且最終達成圓夢目標的孩子，碧霞校長定會給他╲她一個伸展發表的舞台。擔任活動評審的我，看到一雙雙發亮的眼神，相對於他們在教室裡孤寂的身影，內心惶惶悸動著啊！

碧霞校長在書中談到：

「……讓我更清楚當老師的態度，就是要沒有分別心的接納各種資質的孩子……」

（七拼八湊縫縫補補的一班）

讓不同階層、不同能力與特質的孩子都能得到滋養與關愛，這才是教育工作者應有的作爲。

而我，因此看見了碧霞校長對學生的愛。

教育的勇氣

碧霞校長是個淚水豐盈的校長。讀她的故事時，常看到的字眼之一，便是「哭」。我原本以爲愛哭的人，就是個脆弱的人。但，她讓我翻轉了這種偏見。我看見她一次又一次哭完了，擦乾眼淚再次出發，那種毅力與勇氣眞是驚人。

這樣的故事在書中不勝枚舉，例如，碧霞校長談到她在某一所金字招牌學校擔任導師時，該校校長對其課程教學的演示以及進行場域的安排有著不合理之處，一般老師多是唯唯諾諾的，或是敢怒不敢言；然，碧霞校長卻非如此：

……突然，校長站了起來，重重的拍了他前面的桌子，指著我說：「妳是不合作的老師，妳跟行政過不去！」我再站起來說：「校長，我不是不合作的老師……」我放回椅子，快步離開回教室，留下背後可能錯愕的會場……。

（最後一根稻草）

教育的愛，是需要勇氣的，需要無比的勇氣。

愛與勇氣的滋養

碧霞校長心中那滿滿的愛與勇氣，從何而來？我從書中的後半部得到了答案。在閱讀碧霞校長述說母親的故事時，我感受到爲母者強的道理，感知到母親送給作者最無價的禮物便是：

「像媽媽一樣」溫柔有毅力，自己能做的不求人。

「遇到困難、挫折，哭一哭，再繼續出發！」

（吃苦當作吃補）

大姊的故事，最是令我動容。大姊的確是作者的第二個母親，應該可以說她是整個家的第二個母親，滋養著家中的每一個人，使其成長、茁壯。文中寫道：

「大姊的人生像無花果般，無緣開出清雅、美麗的花朵來吸引蝴蝶、蜜蜂、卻一輩子為家人、為社會結出纍纍的甜蜜果實！」

（無花果）

讀到這裡，我的眼眶充滿著熱淚。

當然，還有一個影響作者至深的人物，那便是校長的另一半（我都叫他陳大哥）。陳大哥活脫脫是另種生命的典範，陽光、剛毅、有活力。他深愛著碧霞校長，可以爲校長付出一切，是校長身旁的巨人。即便碧霞校長只用一、兩個故事讓我們認識陳大哥，然而，字裡行間足以彰顯陳大哥的爲人，以及他對校長的好。

你看：

我考上主任，需要去儲訓的通知來了，但是她卻叫我留下來，不要去受訓……她叫課長命令我服從，我打電話跟先生講了心中的委曲，下午，先生出現在局的門口，對著裡面大叫：「誰是 x 課長？出來！」……。

（老師再見）

因著陳大哥對妻子的愛，碧霞校長將之化爲對教育的大愛。

序末

碧霞校長在「自序」中曾經提問：

「我為什麼而活？

我又活得怎麼樣？」

我看見的是，校長因愛而活，活得勇敢，活得自在，活得灑脫。

「愛真的需要勇氣來面對流言蜚語，

只要你一個眼神肯定我的愛就有意義，

我們都需要勇氣去相信會在一起，

人潮擁擠我能感覺你，

放在我手心裡你的真心。」

（梁靜茹〈勇氣〉）

當我們同在一起

新竹市陽光國小老師 郭淑惠

說故事是一個送禮的行爲，謝謝碧霞校長總是一直陪著我們，說好多好多的故事給我們聽，讓我們的生命更豐富，也讓我們看見更多教育的可能，現在，我也要說故事，說三個碧霞校長和我的故事當做回禮，邀請大家，一起來收這份禮物。

故事一：老師，妳備課備好了嗎？

當老師，眞的是一件很

不容易的工作，特別是對「想當一個好老師」的我來說，那更是一件極具挑戰的事，而我，是第一年的菜鳥老師！

在學校我們每週都要開一次學年會議，會議上除了討論課程，分享實際教學經驗與方法外，常常聊著聊著，就聊到小孩，這時候會發現，每一個班級都有幾個需要特別看顧的孩子，也有些孩子會在上課使出渾身解數，讓老師在上課時無法不注意他（她），每每聊到這些孩子～，哎，大家總是愁著一張臉，只能靠飲料與甜食來讓自己平心靜氣。

記得有一次的學年會議，碧霞校長也一起來跟我們開會，大家就如往常一樣談課程、聊小孩。

「我們班那個陳OO真的很誇張，每次上課都好不專心，不是在發呆，就是在做自己的事，整節課頭都懶得抬一下。」A老師說。

「這還好吧～，我們的3號更誇張，自己不上課就算了，還一直弄他旁邊的人，搞得我整節課都沒有辦法繼續下去，光處理他一個人的事就花我許多時間，吼，眞的是～」B老師說。

接下來，大家就你一言我一句，有的老師是在分享他處理學生的方法，有的老師則是義憤塡膺的說自己的經驗。

這時候的碧霞校長就靜靜的和我們一起，聽我們吐苦水，等到大家說到差不多一個段落時，校長就看看我們，緩緩的說：

「老師，那你們覺得自己備課備得如何呢？」

當下，大家稍微停頓了一下，有些老師就分享了自己的課程準備，但是，坐在一旁的我，卻像是被雷擊一般，說不出話來。

「備課備的如何？」這個問題，讓我不再把上課的不順利歸咎在孩子、空間甚至是天氣上面，而是眞實的面對自己：「我當一個老師，我有眞正的爲每一堂課做充裕的準備嗎？那些會有不同想法，讓我無法好好上課的孩子，我有事先考慮到他們的狀況，將課程做適當的調整嗎？……」頓時，一大堆的問題閃進我的腦中，然後，我思考的對象，不再是調皮的孩子，而是身爲大人、身爲老師的我該如何去做，該如何好好準備我每日、每節所要帶給孩子的課程。

故事二：堅持的勇氣

當老師的第二年，我們班有「每月一山」的活動，這是一個我自己設計統整性的課程，我邀請了當時在學校擔任自然生態社的黃麟一老師當領隊，號召班上的志工媽媽，每個月帶孩子到戶外實際在大自然的環境中進行生命的體驗，還記得，我們第一次出發，就是去探索學校旁邊的國軍文化園區，我們不走樓梯，而是在泥地山林間探險，許多人問我：「好好的幹嘛不在教室上課，到外面去不是很危險嗎？而且申請外出，要塡寫許許多多的表單，眞的很麻煩哩！」但是當時的我，心裡想的是怎麼樣可以讓孩子用身體去感受，打開五感學習到第一手的經驗，麻煩的事，就由我來處理。

不過，這種教育的浪漫及勇氣，在班上發生一件事情之後，我的心動搖了。

有一次班上上體育課，體育老師讓學生練習羽球雙打，站在前面的一個孩子不小心用球拍揮到站在後面的孩子，後面的孩子受傷了，然後，事情越鬧越大，最後還準備對簿公堂，雖然不是在我的課堂發生，但我的心彷彿也被那球拍重重揮了一下，好痛好痛。

因爲我想起了自己「憨膽」帶著孩子上山下海，可是每個孩子都是家長的寶貝，如果有什麼事發生，家長把錯怪在我身上，我承擔得起嗎？這時心煩意亂的我不知不覺的走到校長室，碧霞校長用她溫暖的聲音招呼我，靜靜的聽我訴說我的擔心、我的害怕，我的……

「淑惠，當老師不只是一份工作而已，它是一件很了不起的志業，過程中，我們會遇到許多困難，也會遇見許多和我們意見不同的人們，但重要的是：妳知不知道妳自己在做什麼？你知不知道自己對教育的堅持是什麼？這種堅持的勇氣，是深思熟慮的，要成爲一個教育家，要知道自己的堅持爲何？目標爲何？一旦你清楚了，就不會那麼容易被擊垮！」

故事三：畢業釀．釀畢業

碧霞校長離開陽光國小後調任民富國小，有一次我到碧霞校長家探望好久不見的她，看到碧霞校長精神奕奕，開朗的和我談論他在民富國小的看見與教學，聊著聊著，碧霞校長聊到民富國小有肯氏蒲桃樹，每年都會結滿果子，果子成熟就會掉在地上，深紫色的果汁印染在土地上，所有人都覺得這棵樹是個大麻煩，有人甚至想乾脆就不要它。就在這時候，碧霞校長帶著學校老師設計課程將這棵樹的果汁拿來染布，果實拿來製作起司蛋糕，還辦了活動……，這是一個化腐朽爲神奇的課程，校長說得眼睛發亮，在一旁的我，聽了之後內心不只是感動，而是有了一顆種籽種在我的心裡，我的心冒出了一棵小小課程的苗。

在陽光國小土地公廟的旁邊有一顆楊桃樹，這棵楊桃樹到了秋天就開花結果，黃綠色的楊桃就像滿天的星星掛在樹上，可惜的是，我們一直都沒有想過可以用它來做什麼，因此，掉在地上的果實成了孩子揮棒下的犧牲品，滿地的果實也常被人不禁意的踩到稀巴爛，就這樣，年復一年。

自從聽了碧霞校長和肯氏蒲桃的故事，我就開始思考：我們學校有這麼棒的楊桃樹我可以做什麼呢？有什麼是可以運到這些素材又有意義的呢？當時的我，是六年級的學年主任，我就和夥伴們分享了碧霞校長在民富國小實踐肯氏蒲桃課程的故事，以及我看見陽光國小的楊桃。然後大家集思廣益，我們決定帶著孩子用土地公廟旁的楊桃釀楊桃醋，從採楊桃、洗楊桃、晾楊桃、切楊桃到釀楊桃都由老師和孩子一起動手做，等到畢業的時候，孩子們一人帶著一罐楊桃醋，有祝福、有期許、有思念、有夢想，於是，我們在陽光發展了「畢業釀．釀畢業」的課程。

說了碧霞校長和我的故事，這只是其中的一點點，慶幸自己在初任教師之際可以遇見碧霞校長這麼了不起的教育家，總是溫暖而堅定地陪伴、照顧著我們，期待碧霞校長的生命故事，可以成爲更多人生命中的禮物。

走出舒適圈
勇敢挑戰不一樣的人生

新竹市陽光國小志工　丹姿媽媽

如果說人的一生中總會遇見幾位貴人，在不同階段給予我們支持與扶助，那麼碧霞校長就是我在教育孩子路上最重要的貴人與導師。想當年剛從美國回來，正在煩惱如何能爲孩子找到一間以平等尊重代替權威謾罵，並兼具美學與創意培養的學校時，幸運地遇見了陽光國小林碧霞校長。「堅毅溫柔」是我認識她二十年來深植在心中的形象，溫和又善解人意的微笑背後有著對教育下一代無盡的熱情與理想的堅持。無論是一個新學校的文化建立或是百年傳統老校的改造，在她手裡都像是被手持魔法杖的仙子點化過般，呈現出精采的校園樣貌。

所以說「翻轉教育」這件事，碧霞校長是扎扎實實一步一腳印地做好做到了。她高瞻遠矚的教育眼光，總是深深地激勵著身爲學校教育志工的我們和學校裡的老師們，願意一起爲「十年樹木，百年樹人」的願景盡己所能貢獻心力。她永遠以「如何讓孩子快樂並充滿熱情的學習」來思考教育這件事，孩子們在她以身作則不拘泥現有形式的引導下，校園裡永遠充滿活力與創意：兒童節的上課變下課，全校孩子們一起設計校服，還有爲每個角落的設施、跑道等進行全校票選命名，多不勝數的創意活動讓身爲家長的我都能夠感受到整個校園裡的快樂與熱度，碧霞校長帶動身邊的人走出舒適圈並勇敢挑戰不一樣的人生。

我和先生十分感恩在校長悉心設計的學習氛圍薰染下，我們的孩子一路長大成人，並都始終保持著很好的自主學習能力，對於學習新事物也充滿好奇並且擁有面對困難的堅持與勇氣。這種對生命積極的熱情與人文的厚度，就是教育眞正的價值所在。聽聞碧霞校長有意將自己的教育之路做個完整的紀錄與經驗傳承，未來可造福更多的學子，心裡不禁想：「這就是我所認識的碧霞校長。」原本可以輕鬆的享受退休生活，快樂的含飴弄孫、旅遊世界，但卻仍心心念念著我們下一代的教育。我想沒有人比她更了解所謂「教育乃救國之本」的精義了。

校園建築本質的改變

新竹市陽光國小設校建築師 林志成

台灣的教育本質一直是威權的體質。

日本治台和國民黨來台都超過半世紀，校園建築中威權的影子深植人心，筆直走廊的監視作用和司令台的威嚴等同軍營建築的設計。所以，很高興有機會參與陽光國小的校園設計，一起解構威權的傳統校園。

林校長的思想和領導讓陽光校園做了改變，建築師最大的困擾往往是有志難伸，有好的業主才能實現建築理想；在校園建築的設計過程中我長時間和校長、老師一起喝咖啡做腦力激盪，回到教育本質討論校園建築而不是學習模仿既有的校園建築。我們爲了打破單一教室缺乏人際關係的變化和培養合作精神的教學，發展出兩個教室爲單位的教學空間，學童必須與另一班級一起上課和整理共同空間，希望學童人際關係因而變得豐富，而且具有與別班合作的精神；記得大家在討論校門的形式時，有人提議做一道牆讓學童爬牆上學，當時沒有人反對而且是哈哈大笑，笑聲鼓勵了腦力激盪，也讓討論更接近了教育本質。

陽光國小除了硬體的教育改變，軟體的改革比硬體更精采。記得陽光第一堂課是社團課而不是算數、國語……讓學童可以選擇喜歡的課外課程例如象棋、國術、笛子、電腦遊戲……，讓學童喜歡上學習而且視野變大；

陽光的孩童和老師間沒有威權的隔閡，常見孩童跑過去抱著老師說話，看在威權教育長大的我這個阿伯眼裡，啊！台灣教育進步了！

陽光國小已超過二十年，經過林校長的奠定基礎和很多教育人員的努力，慢慢形成自己的優良教育文化，希望可以一直持續開花結果，帶領台灣教育本質的改變。

後記

校長　關我什麼事

小時候，我們一家人幾乎是靠著打臨工、當臨時人員過日子。

媽媽認為，我能夠成為老師，一畢業就有正式工作、有穩定收入，不僅能適時減少家庭經濟負擔，尤其是，家裡終於有人擁有所謂「師」的頭銜，有了身分地位，眞的可以在鄰里間抬頭挺胸，而不需再自慚形穢了！

「當老師就好」，是我最初對教育所有的想像與圖像，這些想像與圖像，來自我成長與學習各階段中，我對遇到和遇不到好老師的反射、反省與修正，所以十年的教學現場是「當老師眞好、當老師就好」，我只要帶好我的班，不管我怎麼帶，或教室、或校園、或校外，學校行政給我很大的自由和自主，校長只是偶而來串門子，說說：「班上小孩帶得不錯喔！家裡小孩也帶來學校玩玩吧！」等如父兄溫馨的話。同事們也大都是二、三十歲的年輕老師，我們如兄弟姊妹般相處，說著班上小孩的事，說著自己青春的事——去學校上班，好像天天去參加家族聚會，好開心！所以，能兼顧學校與家庭，我實在很滿足「當老師就好」的這份職業！

怎麼知道，換了學校，竟是「當老師不怎麼好、不能當老師就好」！

懷疑與覺醒開始了。那樣如父兄慈愛守護、關心小孩的校長不再相遇了，再遇到的是愛當衆數落批評老師、會帶民意代表進教室拜票、希望你多參加比賽、校務會議不出聲，不再說著孩子事等的校長。

我們同事間也明顯疏離，大家都窩在教室裡，學校行政更不希望、不喜歡我們群聚在一起；行政來教室，是來做任務交辦，不是來和你討論孩子的教與學，這樣的教學環境，這樣的學校文化，我開始懷疑「當老師眞好、當老師就好」的初衷。

所以，當教育廳國民教育巡迴輔導團徵選社會科輔導員時，我獲得機會離開學校、放下家庭，隨團去磨練教學、去看其他學校的風情。這一年，確實打開了我的教育視野與懷抱，我看到所到的學校，校長們如何認眞、用心的在領導，在學校建築特色上、在課程與教學上、在學校氛圍與文化的形塑上，校長、行政與老師用心愛學校的教育態度與作爲，讓我興起了「有爲者當若是」的憧憬。

初次閱讀《窗邊的小荳荳》一書，我是老師，我把它當作是本有意思、有趣的校園小說在看，沒有太多的悸動；再次閱讀《窗邊的小荳荳》一書，我已是主任，心中邁著腳步往校長一職前進的當下，小林宗作校長經營巴士學園獨特、鮮明的教育風格與作爲，像空中雷擊般強烈又溫暖的喚醒我沉伏靜止的心，啊！校長可以那樣當，孩子可以那樣快樂學，學校課程可以那樣活潑有彈性，啊！我也想成爲那樣的校長，經營著大家都喜歡來的學校！

前新竹教育大學陳惠邦校長帶我們到德國參訪華德福、教育實驗學校，再次衝擊與提升著我的教育思維與實踐藍圖。學校爲什麼長這樣？爲什麼長那樣？在在明示、印證著學校，尤其是校長教育哲學的信仰。我看到與體會了，這樣的學校，「想把孩子帶到哪裡去？如何把孩子帶到那裡去？」核心信念的強度與深度。惠邦校長希望我在新學校設立時，好好的、仔細的想清楚、看清楚，別讓新學校再次淪爲只是多了一個新名字的學校罷了！

是的，校長關我什麼事？關我教育理想追尋與實踐眞與假、可能與不可能的事，我在新學校成立時寫下這樣的期許與承諾：

在陽光下，一切都有可能！

我們的學校，如家似友，如陽光、空氣、水般的自然親切，她是來傾聽孩子們的心情故事，她是來耐心照輔孩子們的學習路程。在這裡，有孩子們最喜歡的地方，在這裡，有孩子們可以盡情揮灑童年的夢，這夢，將是孩子們未來理想王國的雛形，這地方，將是孩子們未來理想生活的藍圖。

眞的！校長關我很多事！關我編織夢想，實踐夢想的事。

親愛的朋友，您呢？

國家圖書館出版品預行編目資料

校長 關我什麼事／林碧霞著. --初版.--臺中市：
白象文化事業有限公司，2023.1
面； 公分
ISBN 978-626-7189-86-3（平裝）

863.55 111018065

校長 關我什麼事

作　　者　林碧霞
校　　對　林碧霞
封面設計　彭雅琪
發 行 人　張輝潭
出版發行　白象文化事業有限公司
412台中市大里區科技路1號8樓之2（台中軟體園區）
出版專線：（04）2496-5995　傳真：（04）2496-9901
401台中市東區和平街228巷44號（經銷部）
購書專線：（04）2220-8589　傳真：（04）2220-8505
專案主編　李婕
出版編印　林榮威、陳逸儒、黃麗穎、水邊、陳媁婷、李婕
設計創意　張禮南、何佳諠
經紀企劃　張輝潭、徐錦淳、廖書湘
經銷推廣　李莉吟、莊博亞、劉育姍、林政泓
行銷宣傳　黃姿虹、沈若瑜
營運管理　林金郎、曾千熏
印　　刷　基盛印刷工場
初版一刷　2023年1月
定　　價　350元